KB124025

이것이 법이다

이것이 법이다 101

2020년 12월 7일 초판 1쇄 인쇄
2020년 12월 10일 초판 1쇄 발행

지은이 자카예프
발행인 이종주

총괄 김정수
경영 지원 배진경 임혜솔 송지유

기획 이기헌 왕소현 박경무 강민구
책임 편집 최전경

발행처 (주)로크미디어
출판등록 2003년 3월 24일
주소 서울시 마포구 성암로 330 DMC첨단산업센터 3층 318호, 319호
Tel (02)3273-5135 **편집** 070-7863-8592 **Fax** (02)3273-5134
홈페이지 rokmedia.com **E-mail** rokmedia@empas.com

© 자카예프, 2015

값 8,000원

ISBN 979-11-354-5685-5 (101권)
ISBN 979-11-255-9575-5 04810 (세트)

101

자카예프 장편소설

로크미디어

CONTENTS

이 세상에 절대적인 것은 없다   7

뒤집어씌우는 것도 가지가지   41

자기 무덤을 판 자들   77

미친놈이기는 한데   107

사라진 아이들   147

끼리끼리 모인다더니만   187

국적 쇼핑?   239

애국? 애애애구우욱?   275

이 세상에 절대적인 것은 없다

　노형진의 설득에 윤성찬은 선배들을 찾아다니면서 설득했다.

　아직까지 이쪽 계통, 그러니까 디자인 쪽에 자리를 잡고 있는 선배들은 그러한 윤성찬의 말에 그다지 호응하지 못했지만 여러 가지 이유로 결국 디자인 쪽을 포기해야 했던 선배들은 기꺼이 자신의 지식재산권을 넘겼다.

　"그 쌍놈은 꼭 죽여라."

　"그런 게 교수라고? 씹새끼. 그 새끼는 죽여야 해!"

　"그 새끼 때문에 내가 폰이나 팔고 있다. 너만 믿는다."

　선배들 중에서도 윤성찬처럼 당한 사람이 한두 명이 아니었다.

　"하긴 그럴 수밖에 없지요."

노형진은 그가 가지고 온 동의서를 보고는 어깨를 으쓱하며 말했다.

"디자인 세계에서 중요한 건 포트폴리오니까요."

포트폴리오. 쉽게 말해서 디자인 쪽의 실적물이라 생각하면 된다.

자신이 잘 만든 디자인이나 대표 작품을 추려 정리한 것으로, 이를 회사에 제출하여 실력을 인정받아 업계에서 일하게 된다.

"하지만 이런 식으로 잘한 디자인을 모조리 빼앗기면 기회를 박탈당하게 되지요."

자기가 만들었다고 해서 다 포트폴리오가 되는 게 아니다.

포트폴리오에는 그의 디자인적 장점과 스타일 그리고 철학이 들어가야 한다.

그런데 그 요소들이 잘 드러난 작품은 그다지 많지 않다.

"그걸 통째로 빼앗겼으니 제대로 된 곳에 취업하는 게 쉽지 않았을 겁니다."

노형진이 말한 대로 그들은 대부분 포트폴리오를 제대로 채우지 못해서 취업을 못 했다.

물론 졸업 이후에 채우는 방법도 있지만, 세상에는 수많은 경쟁자들이 있다. 그가 뒤늦게 포트폴리오를 채우려 노력하는 사이에 경쟁자들은 졸업하고 더 발전해 나간다.

"한 걸음 늦게, 아니 최소한 세 걸음 이상 늦게 출발하는 거지요."

"그걸 알면서 윤요석은 그걸 빼앗은 거군요."

"그러니까 문제인 거지요."

윤요석이 과연 그걸 몰랐을까?

그럴 리 없다. 그는 자신이 타인의 디자인을 도둑질하는 행위가 낳는 결과가 무엇인지 잘 알고 있었을 것이다.

그럼에도 불구하고 디자인을 빼앗은 것이다.

"이제는 그게 자신을 잡아먹게 될 겁니다."

노형진은 그렇게 웃으며 서류를 잡았다.

"이제 옷을 좀 만들어 볼까요? 후후후."

⚖

얼마 후 노형진은 회사를 등록하고 정식으로 옷을 팔기 시작했다.

당연하게도 몇백만 원짜리 옷과 완벽하게 똑같은 옷이 새로 나오자 사람들은 너도나도 사기 시작했다.

"이게 뭐야? 장난해? 이거 내 옷이잖아?"

윤요석은 인터넷에서 버젓이 팔리고 있는 자신의 옷의 디자인을 보면서 기가 막혔다.

자신의 옷값이 수백만 원인데 이 옷은 고작 수십만 원이다.

"이런 개 같은……."

그렇다고 짝퉁이라고도 하기도 애매하다.

짝퉁이라면 로고까지 표절해야 하는데 명백하게 다른 회사의 로고다.

심지어 그 회사는 멀쩡하게 운영되는 곳이었다.

"이 새끼 뭐야? 도대체 어떤 새끼인데 내 디자인을 마음대로 복제하는 거야!"

"저도 모르겠습니다. 하지만 지금 이런 옷이 한두 벌이 아닙니다. 우리 쪽에서 잘나가는 뉴 디자인 계열을 모조리 다 복제하고 있습니다."

윤요석은 움찔했다.

소위 잘나가는 뉴 디자인 계열. 그건 자신이 창조한 디자인이 아니라 제자들의 디자인을 빼앗은 것이기 때문이다.

하지만 차마 그걸 인정할 수는 없었다.

"당장 고소해! 이 옷들을 만든 놈들! 이 바닥에서 무조건 퇴출시켜! 알았어? 알았냐고!"

윤요석은 흥분해서 펄쩍펄쩍 뛰었다.

"그러면 기자를 부를까요?"

"응?"

윤요석은 살짝 당황했다.

"다른 사람도 아니고 윤 디자이너님의 작품을 표절하다니 이건 미친 거 아닙니까? 윤 디자이너님이 누구십니까? 한국이 낳은 세계적인 거장 아니십니까? 하물며 이미 팔고 있는 디자인인데 그걸 표절해서 팔아먹다니, 그것도 짝퉁으로 판 것도 아니고 대놓고 자기네 로고까지 박아서 팔다니, 이건 미친 겁니다."

부하 직원은 존경심 가득한 얼굴로 윤요석을 바라보며 강경하게 주장했다.

"이런 놈들은 다시는 재기하지 못하도록 해야 합니다. 그러기 위해서 가장 좋은 방법은 그들을 사회적으로 매장해 버리는 겁니다. 그러니까 이놈들이 꼼짝도 못 하게 기자들을 부르지요."

"아니, 그건……."

윤요석은 침을 꿀꺽 삼켰다.

직접 만든 디자인이 아니다 보니 차마 기자까지 불러 일을 키우기에는 자신이 없었기 때문이다.

"그건 아닌 것 같고."

"네? 그게 아니라니요? 디자이너님, 이런 건 용서해서는 안 됩니다. 남의 디자인을 빼앗다니 그게 무슨 디자이너입니까? 이건 개새끼입니다. 인간쓰레기예요. 그냥 죽여 버려야 합니다."

나름 충정 어린 부하의 말에 윤요석은 왠지 화가 났다.

때로는 팩트 폭력이 주먹질보다 아픈 법이니까.

"내가 안 한다고! 당장 고소해서 이 새끼들이 파는 거나 막아! 더 이상 시끄럽게 하지 말고! 알았어?"

"네? 하지만 윤 디자이너님⋯⋯."

"시키며 시키는 대로 해, 이 새끼야!"

윤요석은 부하의 본의 아닌 팩트 폭력에 발끈할 수밖에 없었다.

노형진의 예상대로 윤요석은 노형진의 회사를 고발했다.

물론 그 회사는 노형진이 만든 유령 기업이다.

당연하게도 노형진은 그 회사의 변호사로서 그 소송에 참가했다.

"표절이라니요. 보다시피 저희는 해당 디자인을 구입했습니다만?"

"무슨 말도 안 되는 소리를 합니까?"

"말도 안 되는 소리라니요. 보다시피 여기 계약서가 있지 않습니까?"

"그러면 속으신 거지요. 이미 팔고 있는 디자인을 복제해서 디자이너가 당신들한테 판 겁니다."

경찰은 불쌍하다는 듯 말했다.

하긴 아무것도 모르는 사람은 그런 걸 그대로 눈 뜨고 당하기도 하니까.

사람들이 모든 디자인을 다 알 수는 없는 노릇이고, 특히

나 윤요석부티크같이 비싼 곳의 디자인은 더 알기 힘든 게 사실이니까.

"저희는 다르게 생각하는데요."

"무슨 말씀이십니까?"

"여기 공식 파일이 있습니다. 요즘은 모든 디자인을 파일로 만드는 거 아시지요?"

"그런데요?"

"이 파일을 보면 아시겠지만, 이 디자인이 완성된 시기가 무려 옷이 나오기 4개월 전입니다."

"어?"

건성으로 파일을 확인하던 경찰은 당황했다.

단순 표절에 이 순진한 회사가 당한 거라고만 생각했지 그 디자인이 언제 나왔는지는 잘 몰랐으니까.

"이게 어떻게 된 거지?"

"저희가 이 디자인을 이번에 산 건 맞습니다. 하지만 파일에서 보다시피 꽤 오래된 디자인이에요. 이걸 누군가 똑같이 표절해서 팔고 있는 줄은 솔직히 저희도 몰랐네요."

경찰은 당황할 수밖에 없었다.

"어떻게 이럴 수가 있지? 아니, 이게 가능한가?"

"뭔데? 무슨 일인데?"

"그게, 디자인 복제로 신고가 들어왔는데, 그 디자인 복제 원본이 윤요석부티크가 제시한 날짜보다 훨씬 빨라요."

"응?"

다른 경찰도 무슨 소리인가 하고 다가와서는 살펴보다가 눈을 찌푸렸다.

"이거 조작한 거 아닙니까?"

"조작요? 그런 걸 조작할 필요가 있습니까?"

"아니, 그건 아닌데……."

파일의 최종 제작 날짜를 수정하는 건 쉬운 일이 아니다.

모든 파일은 지식재산권 문제 때문에 최종 수정 날짜를 적용하게 되어 있으니까.

"이해가 안 가는데. 이 말이 맞는다면 도리어 윤요석이 복제했다는 소리인데."

하지만 윤요석은 세계적인 디자이너이고 남의 디자인을 복제할 이유가 없다.

"더군다나 저희가 가진 파일은 이것만이 아닙니다."

"그게 무슨 말입니까?"

"여기에 있습니다. 해당 파일들을 모두 제출하지요. 이 기록을 보시면 알겠지만, 해당 디자인은 저희가 모두 합법적으로 구입한 것들입니다."

"어허, 이거 참."

합법적 구입 여부야 계약의 문제라고 할 수 있지만 지금 그 이상의 상황, 그러니까 윤요석이 제시한 때보다 훨씬 빠른 시기에 이 파일이 제작되었다는 것을 부정할 수 있는 방법이 없었다.

"하지만 윤요석부티크 쪽 말은……."

경찰의 말에 노형진은 살짝 웃었다.

"그래요. 그쪽 말로는 우리가 자기 걸 표절했다고 하겠지요."

"그렇습니다."

"하지만 정작 자기가 원작자 걸 빼앗았다는 말은 하지 않았나 보군요."

"네? 그게 무슨 말이지요?"

"이 기록을 봐 주시기 바랍니다."

노형진은 미리 준비한 파일을 건넸다.

경찰은 생각지도 못한 자료에 눈을 크게 떴다.

"이건 해당 원작자들, 그러니까 학생들이 윤요석에게 보내 준 메일 내역입니다."

"메일 내역?"

"그렇습니다. 해당 디자인은 윤요석이 요구한 과제로서 제출한 겁니다."

"과제로요?"

"제목을 보시면 아실 겁니다. 보다시피 각 학생의 이름과 학번이 들어 있지요? 그리고 당연한 얘기지만 저희가 아무리 잘나도 메일의 발신 시간을 고칠 수는 없습니다."

그걸 고치기 위해서는 해당 사이트 자체를 해킹해야 하는데, 그쪽이 바보도 아니고 보안을 그렇게 허술하게 할 리 없다.

"즉, 이건 모두 윤요석이 피해자들의 디자인을 빼앗았다는 증거이지요."

경찰들은 상황을 이해하지 못하는 듯 뚫어져라 그 서류를 바라보았다.

하지만 그렇게 본다고 해서 서류 내용이 바뀌지는 않았다.

"하지만 이 사건은 과제로 제출한 것과 전혀 상관없는 건데요."

"아니요. 상관있습니다. 과제니까요."

과제는 교수가 시켜서 하는 건 맞다.

"하지만 그렇다고 해서 교수에게 그 지식재산권이 넘어가는 건 아닙니다."

지식재산권은 원작자에게 있는 것이 보통이다.

당연하게도 교수가 디자인을 받아 보았다고 해서 그걸 마음대로 쓸 수는 없다.

"당연히 이 디자인의 권한은 여전히 해당 학생들이 가지고 있는 거지요."

"그건 그렇지요."

경찰이 아무리 무식해도 그 정도는 알고 있다.

법의 기본이니까.

"여기, 그 학생들의 이름과 연락처입니다. 그리고 이쪽은 저희가 제출한 디자이너들의 계약서이고요."

"설마……?"

"비교해 보시죠."

비교 자체는 어렵지 않았다.

당연히 동일 인물임을 안 경찰은 당혹감을 감출 수가 없었다.

'그렇겠지. 위에서 어떻게 해서든 엮으라고 이야기가 나왔을 테니까.'

하지만 이렇게 증거가 빵빵하면 아무리 경찰이라고 해도 엮을 수가 없다.

'엮었다가는 된통 당하니까.'

이쪽은 개인이 아니고 기업이다.

더군다나 다른 곳도 아니고 역습으로는 소문난 새론을 고용했다.

새론에 장난치다가 모가지가 날아간 경찰이 얼마나 많은지 그들은 안다.

"어…… 음……."

경찰은 곤혹스러움을 감추지 못했다.

노형진은 그런 그를 보면서 피식 웃었다.

'이쯤이면 되겠지?'

애초에 노형진은 저들이 고소한다고 한들 질 거라는 생각은 전혀 하지 않았다.

이메일 기록이라는 확실한 증거가 있으니까.

그걸 뒤집을 방법이 없다는 것도.

'고소하면 학생들이 겁먹겠지만.'

하지만 자신은 기업이고 학생들과는 아무런 관련이 없다.

그러니 그럴 이유가 없다.

'그리고 내가 노리는 건 지금부터지.'

노형진은 심호흡을 하고는 옆에 있던 가방에서 서류를 꺼내서 그걸 경찰에게 건넸다.

"이건 뭡니까?"

"무고죄 고소장입니다."

"무고죄?"

"무고죄란 해당 사실이 진짜가 아니라는 걸 알면서도 상대방에게 법적인 불이익을 주거나 합의 등의 방식으로 금전적 이익을 얻으려고 하거나 사건과 관련하여 법적으로 유리한 위치에 있기 위해 존재하지 않는 범죄를 고발하는 행위를 뜻하지요."

숨도 쉬지 않고 단숨에 읊은 노형진은 경찰의 눈을 뚫어지게 바라보며 질문을 던졌다.

"지금 제가 말한 것 중에서 지금 상황과 맞지 않는 게 있나요?"

경찰은 입을 다물었다. 맞지 않는 게 없으니까.

애초에 그게 자기 디자인이 아니라는 걸 윤요석은 알고 빼앗았고, 원디자이너가 정당하게 사용하는 것을 막기 위해 허위 고발을 했다.

"당연히 무고죄로 고소해야 하는 거 아닌가요?"

"......."

"접수 안 해 주실 겁니까?"

"접수하겠습니다."

경찰은 상황이 묘하게 돌아간다고 생각하면서도 노형진의 요구를 받아들일 수밖에 없었다.

⚖️

"왜 지식재산권 고소가 들어올 때까지 기다렸냐고요?"

윤성찬은 이해가 안 간다는 듯 말했다.

"일단 우리가 나중에 만든 건 사실이지 않습니까? 이게 참 애매한데요, 지식재산권은 일단 만든 놈이 우선이에요."

비록 윤성찬을 비롯한 학생들의 디자인을 도둑질했다지만 그건 윤성찬과 학생들의 문제이지 회사의 문제가 아니다.

"우리가 나중에 만든 상황에서 만일 지식재산권 관련 위반으로 고소한다? 절대 디자인에 대한 권리가 인정되지 않습니다."

왜냐하면 노형진 측이 권리를 얻었다고 해도 먼저 만든 건 자신들이 아니라 윤요석이니까.

"그래서 기다린 겁니다."

"우리가 디자인을 정식으로 판 건 그쪽인데요."

"그러니까 그게 문제인 거지요. 우리와 거래하기 전에 만든 옷에 대해서는 지식재산권 침해를 주장할 수 없는 겁니다."

"으음…… 법은 복잡하네요."

윤성찬은 눈을 찌푸릴 수밖에 없었다. 그가 생각하기에는
비슷비슷한 것 같은데 다르다고 하니까.

"하여간 그래서 먼저 고소하지 않은 겁니다."

"그런데 지금은 뭐가 달라진 거죠? 어차피 누가 고소하든
경찰에서 조사하게 되는데."

"경찰에서 조사를 하게 되더라도 그건 형사적 부분이지요."

노형진은 그에게 법전을 꺼내서 내밀었다.

"이건 민법전입니다."

"그…… 그런데요?"

"저쪽이 먼저 고소를 했으니 우리는 형법적으로 무고죄를
따질 수 있게 되었지요. 그리고 당연하게도 그로 인한 손해
배상 청구를 할 수 있게 됩니다."

"그러면 처음부터……?"

"맞습니다. 처음부터 제 목적은 저쪽이 어떤 형태로든 형
사 고소를 하게 하는 것이었습니다."

"허?"

지금껏 공포스럽게만 생각했던 윤요석 교수다.

그런 그가 노형진의 손아귀에 놀아나는 게 윤성찬은 왠지
기가 막혔다.

'고작 저 정도밖에 안 되는 인간에게 내가 놀아났나?' 하는

생각이 들 정도였다.

"무고죄는 디자인이나 지식재산권의 영역이 아니지요. 당연히 그걸 덮으려면 다른 라인을 통해야 합니다."

지식재산권 같은 경우는 같은 교수나 디자이너가 탄원서 등을 통해 수작질을 할 수 있다.

비슷한 디자인이라거나, 학생의 디자인에게 영감을 얻어서 새로 만든 디자인이라는 식으로 말이다.

"하지만 무고죄는 아니지요. 철저하게 형사적인 부분입니다."

물론 윤요석이 유명한 사람인 것은 사실이다.

하지만 그렇다고 해서 그가 형사적으로 힘을 가진 것은 아니다.

"디자이너 세계에서 어떤 힘을 가지고 있든, 형사적인 세계는 관계가 없으니까요."

당연히 무고죄에 대한 재판이 시작되면 그는 방어할 방법이 없다.

"그리고 그 근원이 되는 디자인의 권한 문제가 생기지요. 그러면 경찰이 그 디자인의 권리를 확실하게 못 박기 위해 누구를 부를까요?"

"저군요."

윤성찬을 비롯한 학생들이 당연히 경찰서에 갈 수밖에 없고, 그 디자인을 만든 사람들이 결정한 쪽이 정식 권리자가 된다.

"그러면 윤요석은 당연히 나가리가 되는 거지요."

"하지만 그런다고 해서 윤요석이 약해질까요? 어찌 되었건 그에게도 본인이 디자인한 수많은 옷들이 있는데요."

노형진은 고개를 끄덕거렸다.

"맞습니다. 있지요. 하지만 바뀔 겁니다. 그러기 위해서는 한 가지 도와주셔야겠습니다."

"네? 어떤 걸요? 그리고 도와드리면 뭐가 바뀌나요?"

"확실히 바뀝니다. '그에게 권력이 있습니다'에서 '있었습니다'라는 말로요, 후후후."

노형진의 예상대로 윤성찬을 비롯한 학생들에게 경찰에서 연락이 왔고, 학생들은 당연히 정당한 계약에 따라 윤요석이 아니라 노형진이 만든 회사 로던에서 그 권리를 가지고 있다고 인정했다.

노형진은 그게 인정되자마자 바로 움직이기 시작했다.

"이게 뭐야?"

"판매 금지 가처분 신청입니다."

노형진은 법원에서 해당 디자인의 권한이 '로던'에 있음이 인정되자마자 해당 물품을 팔지 못하도록 했다.

"뭐?"

윤요석은 부티크의 연락을 받고 다급하게 뛰어왔다. 그리고 사색이 되었다.

"내가 만든 옷이야! 내가 만든 옷이라고!"

"하지만 그 디자인은 당신 게 아니지요. 경찰에서 이미 확인했습니다."

"그건……."

그렇잖아도 무고로 고소당해서 조사를 받아 왔기 때문에 지금 상황이 어떻게 되어 가고 있는지는 윤요석도 알고 있었다.

"당신이 훔친 디자인으로 만든 옷들의 권리는 전부 우리가 가지고 있습니다. 당연히 그 옷들은 팔면 안 되지요."

"이런 미친……."

여기서 파는 건 절대 싼 옷들이 아니다.

물론 이름값이 붙어서 터무니없이 비싸진 것도 사실이지만, 원가 또한 결코 싼 게 아니다.

원단마다 그 가격이 다르니까.

"당연히 그걸 팔면 안 되죠."

"너…… 너……!"

윤요석은 손이 부들부들 떨렸다.

"왜요? 저도 이 바닥에서 퇴출시키시려고요? 그런데 미안해서 어쩌나? 저를 퇴출시키기에는 당신 힘이 너무 약한 것 같은데."

의류 회사는 디자이너를 고용하는 곳이지 디자이너에게

끌려다니는 곳이 아니다.

물론 그 디자이너가 세계적인 명장이라면 그를 영입하기 위해 노력할 수밖에 없고, 그래서 끌려갈 수는 있다.

하지만 윤요석을 영입할 생각이 눈곱만큼도 없는 노형진에게 그의 위명은 쓰레기와 다를 바 없었다.

"결국 옷을 파는 대상은 국민이지요. 국민들에게 옷을 파는 건 우리고."

즉, 윤요석의 파벌이 아닌 다른 디자이너만 데리고 오면 되는 일이다.

"당신과 친하지 않으니까 딱히 당신 부탁을 들어줄 필요도 없고."

노형진의 말이 계속될 때마다 윤요석은 분노로 부들부들 떨었지만 할 수 있는 게 없었다.

"그러니까 이 디자인의 옷들은 팔면 안 됩니다!"

"이런 쌍!"

윤요석은 노형진의 손에서 거칠게 서류를 낚아채려고 했다. 하지만 실패했다. 노형진이 그걸 잽싸게 뒤로 뺐기 때문이다.

"뭐 하는 거야, 이 새끼야!"

"이건 저희 쪽에 온 서류고요. 그쪽 서류는 우체국을 통해 송달되어 올 겁니다."

"그런데 왜 온 거야, 이 새끼야!"

"그거 오는 사이에 팔아먹을까 봐서요."

노형진은 핸드폰을 흔들었다.

"하지만 이렇게 말로 고지했으니 당연히 안 파시겠지요?"

물론 정확하게 법적으로 인식되는 시기는 송달이 도착했을 때로 보기는 한다.

즉, 노형진은 윤요석에게 엿을 먹이기 위해 온 것이다.

"이런 개……."

막 욕을 퍼부으려고 하던 윤요석은 주변에 가득한 다른 손님들을 보면서 눈을 찌푸렸다.

호기심을 가지고 바라보는 손님들과 직원들.

"큭, 씨발 새끼."

작게 욕을 하는 윤요석.

"저런, 벌써부터 그러시면 제가 섭섭하지요."

"뭐?"

"설마 제가 고작 이걸 알려 드리려고 여기까지 왔겠습니까?"

"고작? 고오작?"

기가 막혀서 뭐라고 하려고 하는 찰나, 문이 열리면서 건장한 사내들이 들어왔다.

"어서 오세요. 남성복은 4층입니다만."

안내를 하려고 하던 직원은 묘한 표정이 되었다.

남자들의 분위기와 복장을 보아하니 아무래도 옷을 사러 온 손님 같지는 않았기 때문이다.

"가압류 집행관입니다."

신분증을 보여 주는 남자들.

윤요석은 노형진이 뭘 노리는지 알아채고는 눈이 커졌다.

"지금부터 가압류를 시작하겠습니다."

"가…… 가압류? 가압류? 이게 뭔 개 같은 소리야!"

평소에 지식인 흉내를 내면서 어지간하면 가면을 쓰는 그조차도 지금 상황은 용납할 수가 없었다.

"뭐긴요, 말 그대로 가압류지. 아, 잠시만요. 그쪽은 가지 마세요. 그쪽은 어차피 판매 금지가 떨어진 거라 팔지 못합니다. 다른 쪽 물건을 압류해 주세요."

"뭐…… 뭐라고? 이 무슨 개 같은 경우가……."

"개 같은 게 아니지요. 법적인 거지."

발끈하는 윤요석에게 노형진은 웃으며 말했다.

"당신이 판 디자인의 가치는 당신이 가장 잘 알겠지요."

노형진이 윤성찬에게 부탁한 게 바로 이거였다.

가압류를 신청하는 것.

어차피 윤성찬과 그 선배들은 이 바닥에서 확정적으로 퇴출된다. 그러니 막나가도 상관없다.

'전이라면 그가 발악해도 방법이 없겠지만.'

무슨 소리를 하든 다 덮어 버릴 테니까.

하지만 윤요석이 약해진 상황에서는 그들의 작은 칼도 위험한 비수가 되어 버린다.

이것이 법이다

"그걸 기준으로 피해액을 산정했습니다. 물론 얼마나 팔렸는지는 모르지만요. 또한 무고로 인한 우리의 손해배상도 같이 잡았지요."

빠르게 압류 딱지가 붙어 가는 초고가의 의상들.

그리고 그걸 멍하니 보는 직원들과 손님들.

몇몇 손님들은 기분이 나쁜 듯 불쾌한 얼굴로 매장을 나가 버렸다.

"너…… 너……."

윤요석은 너무 열 받아서 말이 안 나왔다.

하지만 당장은 움직일 수가 없었다.

보이는 모든 곳에 딱지가 붙고 있지만 그걸 떼는 순간 자신은 범죄자가 되기 때문이다.

"이제 상황이 이해가 가셨나요?"

노형진은 소기의 목적을 달성하고는 미소 지었다.

"이런다고 내가 무너질 것 같아! 너 내가 누군지 알아?"

"그건 내 알 바 아니고요."

노형진은 어깨를 으쓱했다.

"돈 좀 쓰셔야 할 겁니다."

"뭐?"

"아직 돈 나갈 게 좀 많을 거라서요, 후후후."

노형진의 응징은 아직 끝나지 않았다.

그리고 그 응징은 얼마 지나지 않아서 드러났다.

하지만 이번 응징은 노형진이 한 것이 아니었다.

"당장 이거 환불해 줘!"

붉으락푸르락해져서 오는 사람들.

그들은 양손마다 옷을 잔뜩 들고 있었다.

"이건 뭡니까?"

"뭡니까? 지금 나 놀려?"

비서로 보이는 남자와 함께 온 여자는 잔뜩 흥분해 있었다.

"믿고 샀더니 이거 다 표절이라면서?"

"누…… 누가 그래요?"

"누구긴! 이미 다 소문났어! 윤 디자이너 능력 있다고 생각했는데 아니었네. 아니, 다른 사람도 아닌 제자 디자인을 빼앗아?"

"아니, 그게 아닙니다. 저는 결코……."

"결코는 무슨 결코야! 내가 누구인지 알아!"

자신이 퍼부었던 그대로의 말에 당한 윤요석은 정신이 아득해졌다.

그럴 수밖에 없다.

그녀야말로 저 말을 할 만큼의 힘을 가진 사람이니까.

"이거, 당신한테 산 옷들이나 다 환불해!"

"네? 이걸 전부요?"

족히 서른 벌은 넘는 옷들.

한 벌당 400만 원만 잡아도 무려 1억 2천이다.

그런데 그녀가 사 간 옷 중에는 무려 1천만 원이 넘는 옷도 있다.

"내가 당신 때문에 얼마나 창피를 당했는지 알아?"

부자들이 비싼 옷을 사서 입는 이유. 그건 그게 남과 다르다는 증거가 되기 때문이다.

자신만의 세계, 자신만의 가치.

쉽게 말해서 '나'는 '윤요석'의 옷을 입는다는 증명이었다.

그래서 똑같은 옷이 나왔을 때도, 가난한 자들이 또 짝퉁을 만들었다면서 비웃고 말았다.

하지만 진실이 드러났다.

도리어 윤요섭이 그쪽 디자인을 훔친 것이라는.

당연히 그 옷의 가치는 하염없이 떨어졌다.

디자인을 훔친 옷, 가치가 떨어진 옷.

아무것도 모르고 행사에 그걸 입고 갔던 여자는 요즘 소문도 못 들었냐면서 비웃음을 당했다.

가진 자들에게 자존심은 무엇보다 중요한 것.

"당장 이거 환불해! 당장!"

당연히 그걸 환불해 달라고 온 것이다.

"아니…… 그게…… 사모님, 그건 무리입니다."

"무리? 무리? 지금 나한테 무리라고 했어?"

"이미 오래전에 사 가신 옷이고……."

"내가 환불하라고 했지!"

윤요석은 다급하게 변명을 하려고 했다.

하지만 그녀는 이미 변호사에게 확인을 마치고 온 상황이었다.

"나도 변호사한테 알아보고 왔어! 환불 가능하다고 했어!"

"네? 그럴 리가요! 보증기간도 끝났는데……!"

"김 변!"

뒤에서 한 여자가 나왔다.

그리고 그녀를 보면서 윤요석은 입술을 파르르 떨었다.

변이라는 말이 설마 똥을 뜻하는 것일 리는 없으니까.

"만일 당신이 다른 사건에 연루되어서 브랜드 가치가 떨어진 거라면 보증기간이 지난 이 옷의 환불은 불가능한 게 맞습니다. 하지만 이 옷은 당신이 아니라 다른 사람이 디자인을 한 것입니다. 당신이 우리를 속여서 이 옷을 판 셈이니, 그건 거래 취소의 사유로 충분합니다. 법률 규정에 따르면 사기 쳐서 판매한 거니까요."

변호사는 차갑게 말했다.

"사기라니요! 저는 사기 친 적이 없습니다! 이 옷들은 모두 제가 만든 겁니다!"

"정확하게 말하면 당신이 만든 건 아니지요."

"뭐요?"

"당신은 디자이너, 그러니까 옷의 형태를 만드는 사람입니다. 당신이 한 땀 한 땀 옷을 만드는 기술자는 아니죠. 즉, 당신이 다른 사람의 디자인을 훔친 순간부터 당신의 가치는 존재하지 않지요. 물론 당신 아래에서 일하는 기술자들의 실력이 좋은 건 압니다만, 기술자들의 이름을 보고 옷을 사지는 않으니까요."

"그…… 그건……."

"그 말은, 당신은 옷을 만들기 위한 어떠한 행동도 하지 않았다는 겁니다. 즉, 당신이 만든 거라는 주장은 논리적으로 말이 안 되는 겁니다."

"하지만…… 이 안에는 실제로 제가 디자인을 한 옷들이……."

"그건 당신이 스스로의 브랜드를 지켰을 때의 이야기지요. 스스로 브랜드 가치를 떨어트리고 사기를 친 이상 저희가 그중에서 사기에 해당하는 특정 옷을 구분해 낼 방법은 없고, 결과적으로 다 환불 요청하는 수밖에요."

윤요석의 입술이 파르르 떨렸다.

"당장 환불해 주십시오."

"그…… 그건 어렵습니다."

한 번에 수억이라도, 배상이 불가능한 건 물론 아니다.

하지만 지금 노형진과 다른 학생들과 싸우기 위해 얼마나 많은 돈이 들어갈지 모를 일이다.

게다가 그는 직감적으로 알았다. 그녀가 끝이 아니라는 것을.

그녀는 시작일 뿐이고 곧 많은 사람들이 몰려올 거라는 것과, 지금 여기서 환불해 주면 끝도 없이 환불해 줘야 한다는 것도 말이다.

"죄송합니다. 불가합니다."

"뭐?"

사모님이 앞에서 발끈하려고 하는 찰나 변호사가 그녀를 말렸다.

"사모님, 어차피 예상했던 일입니다. 제가 어차피 소송으로 가야 한다고 하지 않았습니까?"

"이런 개 같은 새끼! 넌 내가 죽인다! 알았어?"

얼굴이 잔뜩 붉어진 채로 나가는 사모님을 보면서 윤요석은 그대로 주저앉았다.

⚖️

"부자들이나 권력자들과 어울리는 사람들은 어느새 자기 또한 권력자라고 착각하기 쉽습니다."

노형진은 윤성찬에게 말했다.

"하지만 현실적으로 말하면 그들은 권력자가 아닙니다. 그저 권력자 아래에서 보호받는 기생충일 뿐이지요."

"기생충은 좀 너무하네요."

쓴웃음을 짓는 윤성찬의 말에 노형진이 피식 웃었다.

"뭐, 최대한 좋게 표현해도 식객 정도겠네요. 어찌 되었건, 그들은 본인의 가치가 떨어진 그 순간부터 주변의 권력자들에게 보호받지 못합니다."

윤요석이 보호받았던 것은 그가 힘을 가지고 있어서가 아니다. 그 옷을 입는 사람들이 힘을 가지고 있고, 그들과 인맥이 있어서다.

"하지만 그 인맥은 윤요석이 그들을 속인 시점에서 물거품처럼 사라진 것이나 마찬가지지요."

"그래서 평일에 손님이 제일 많을 때 들이닥치신 겁니까?"

"그래야 소문이 빨리 퍼지니까요."

노형진의 계획대로 그 사건은 빠르게 퍼져 나갔고 당연히 윤요석부티크에서 옷을 구매했던 사람들은 발끈할 수밖에 없었다.

"그리고 돈이 아깝다는 생각도 할 테고요."

"네? 돈요? 하지만 윤요석과 거래하는 사람들은 돈 걱정이 없는 사람들인데요."

"돈 걱정이 없다는 것과 돈이 아깝다 생각하지 않는 건 전혀 다른 문제입니다. 있는 놈이 더하다는 말이 있지 않습니까?"

윤요석의 브랜드인 윤요석부티크는 오래 영업을 했다.

당연히 많은 사람들이 그의 옷을 샀다.

"하지만 그런 옷들은 유행을 탄다고 하지요."

유행이 지나 버리면 그 옷들은 가치를 잃는다.

똑같은 브랜드라고 해도 2년 전, 3년 전 디자인을 입고 있다는 것은 돈이 없어서 못 산다는 인식을 줄 수도 있기 때문에, 돈이 있는 사람들은 똑같은 브랜드라고 해도 매해 새로운 옷을 산다.

"그리고 그 옷들은 그냥 창고행입니다."

팔 수도 없다.

일반인이 사기에는 너무 비싸고, 괜히 그거 팔았다가 돈 없어서 파는 거 아니냐는 뒷담화를 당하기도 싫을 테고.

"그런데 빵! 하고 일이 터졌네요."

당연히 사람들은 이 일을 핑계로 모든 옷을 환불해 달라고 할 거라는 게 노형진의 예상이었다.

"그리고 그대로 진행된 거구요."

그리고 윤요석은 그런 돈이 없다.

"결정적으로 그를 도와줄 사람이 아무도 없지요."

그는 유명 디자이너이고 인맥이 있다.

하지만 그 인맥 대부분은 같은 디자이너들이다.

"그들이 과연 부자들의 심기를 거스르고 그를 편들어 줄까요?"

"그건…… 아닐 것 같네요."

"맞습니다. 그들 역시 식객이니까요."

부자들이 상품을 사 줘야 그들도 존재할 수 있다.

그들이 무얼 하든 그 천재성 덕에 보호받기도 하지만, 표절이나 도둑질은 도를 넘은 행위다.

"그리고 마지막 쐐기를 박아야지요."

노형진은 씩 웃으며 서류 하나를 꺼냈다.

"이건 뭡니까?"

"세계디자이너협회에 보낼 공문입니다. 스캔해서 보낼 겁니다."

지금 벌어지고 있는 상황과 디자인 도둑질 문제에 대한 경찰의 수사 내용이었다.

"그를 디자이너협회에서 퇴출시키기에는 충분한 양이지요."

"아……."

이런 상황에 학교에서 그를 교수로 계속 고용할 리는 없다.

"그는 모든 게 끝났습니다."

"드디어…… 끝났군요."

그가 사라졌으니 자신의 미래도 조금은 나아질 거라는 생각에 윤성찬은 미소를 지었다.

"하지만 윤성찬 씨는 아직 끝나지 않았지요."

"네? 그게 무슨 말인지?"

"로턴의 디자이너로 일해 보실 생각이 있습니까?"

"네?"

윤성찬은 깜짝 놀랐다.

그건 생각지도 못한 일이었으니까.

"저기, 제가요? 하지만 전 아직 학생입니다. 졸업도 못 했고요."

"하하하, 그건 압니다."

"설마 저한테서 천재적인 재능이라도 보신 겁니까?"

"아니요."

노형진은 솔직하게 말했다.

그러자 윤성찬의 얼굴이 어두워졌다.

"미안합니다. 하지만 너무 나쁘게 생각하지 마세요. 윤성찬 씨가 재능이 없어서가 아니라, 제 눈이 막눈이라서 그래요."

"막눈요?"

"법적으로는 제가 능력이 있을지 모르지만, 디자인에 관해서는 그닥?"

어깨를 으쓱하는 노형진.

그런 그를 바라보던 윤성찬은 어쩐지 그 이유를 알 것 같았다.

지금까지 몇 번이나 노형진을 만났지만 늘 양복 차림이었다.

물론 공식적인 부분도 있지만, 대충 봐도 노형진이 옷에는 진짜 신경 쓰지 않는 사람이라는 걸 알 수 있었다.

"제가 이번 사건을 하다 보니 이런 경우가 제법 많더군요. 사실 윤요석만 이런 일을 저지르는 게 아니지요?"

윤성찬은 고개를 끄덕거렸다.

"자체 브랜드를 가진 디자이너 중에서 교수를 겸직한다고 하면 대부분 하는 것 같더군요."

"그래서 계약을 하자는 겁니다."

"이해가 안 가는데요?"

"계약을 통해 그 옷의 권한을 우리가 가지는 거지요."

"네?"

"전에 말씀드렸다시피, 디자이너로서 제출한 과제의 권한은 학생들에게 있습니다."

"그런데요?"

"그걸 먼저 우리와 계약하는 거지요."

학교에서 졸업하기 전, 모든 디자인의 상업화에 대한 우선권을 로던이 가지고 있는 것으로 말이다.

"그 대신에 우리는 그 디자인이 상업화되었을 때 사용료를 후불로 지불하는 거지요."

"왜 그런…… 아아……."

먼저 계약되어 있다는 것. 그건 권리를 다른 사람이 가지고 있다는 소리다.

"리포트로는 낼 수 있지요."

권리자니까.

하지만 그걸 표절해서 교수가 옷을 만들지는 못한다.

그 권한은 로던이 가지고 있으니까.

"그러면 그들은 자연스럽게 도태될 겁니다."

한강의 물이 윗물에 밀리듯이, 시대가 바뀌면 디자이너도 바뀌어야 한다.

"하지만 지금 디자이너의 세계는 그렇지 않지요."

40년 전 디자이너계의 수장이 아직도 그 노릇을 하고 있다.

천재적 재능이 있는 사람보다는 권력에 기대어 옷을 팔고 또 돈을 번다. 그리고 새로운 디자인을 만들 능력이 없으니 제자의 디자인을 빼앗는다.

"그게 불가능해진다면?"

그들의 이름은 자연스럽게 떨어질 수밖에 없다.

소위 말하는 뒷방 늙은이 신세가 되는 것이다.

"시대가 바뀔 겁니다."

윤성찬은 부르르 떨었다.

시대가 바뀐다.

권력을 잡고 새로운 디자인을 무시하는 늙은 세대가 사라지고, 젊은이들이 전면에 나설 기회.

"좋습니다. 하겠습니다."

밝은 미래에 얼굴이 환해지는 윤성찬.

그런 그에게 노형진은 진지하게 말을 덧붙였다.

"그러면 한마디만 더 하겠습니다."

"네, 하십시오."

"세영이한테 찝쩍거리면 다리몽둥이부터 분지르고 시작하겠습니다."

그 말에, 방금 전까지 희망에 차올라 있던 윤성찬은 단숨에 전신의 기운이 쏙 빠지는 것을 느꼈다.

뒤집어씌우는 것도 가지가지

노형진은 공식적인 직함이 많다.

그렇다 보니 자연스럽게 여러 가지 일을 해야 하고, 그건 시도 때도 없이 불려 나가야 한다는 걸 의미한다.

"죄송합니다, 크리스마스인데."

"아니, 딱히 죄송할 건 없습니다. 크리스마스라고 해도 별 달리 일이 있는 건 아니었거든요."

노형진은 자신을 부른 박상규의 인사에 괜찮다는 듯 말했다.

박상규는 대룡엔터테인먼트의 대표다.

지금 그는 당혹감을 감추지 못하고 있었다.

"송가연 문제라고 들었는데요."

"사실은 그게 뭐냐면……."

"알고 있습니다. 이미 인터넷이 난리가 났더군요. 알고 계셨습니까?"

"그럴 리가요. 가연이도 자기는 절대 아니라고 하고요."

"그런데 인터넷에서는 아예 확정된 모양이던데요?"

"벌써 모든 프로그램에서 하차를 하라고 난리입니다. 일단 방송국에서는 좀 기다려 준다고 하지만 이걸 해결하지 못하면 하차 확정입니다. 아니, 지금 가연이만 하차하는 게 문제가 아닙니다."

"그럴 겁니다. 이런 일은 주변에 쉽게 불똥이 튀니까요. 그나저나 이상하군요. 제가 아는 송가연은 이런 일을 벌일 이유가 없는데요."

대룡엔터테인먼트는 엔터테인먼트조합에 속해 있는 곳이긴 하지만 동시에 수장이기도 하다.

그렇다고 해도 개별 기업인 것은 마찬가지이기에 노형진이 그 지분을 가지고 있고, 상당수 데뷔를 할 때 노형진이 가서 확인을 마쳤다.

1년에 데뷔가 많은 것도 아니고 일종의 실력 검증 행사는 당연히 해야 하니까.

'기억을 읽은 건 아니지만 그래도 송가연이 이럴 타입은 아니던데.'

사실 노형진은 송가연의 데뷔를 반대했었다.

그녀가 싫어서가 아니라, 재능은 넘치지만 극도로 사람을 꺼리는 느낌이 강했기 때문이다.

아무리 재능이 넘친다고 해도 걸 그룹이 사람을 꺼려서는 안 되니까.

하지만 다른 전문가들은 다르게 생각했고, 솔직히 노형진이 그쪽으로 잘 아는 것도 아니었기 때문에 데뷔를 시켰다.

사람을 꺼리는 그녀의 성향이 완전히 바뀐 건 아니지만 다행히도 압도적인 비주얼 덕분인지 나름 팬도 있고, 센터나 보컬이 아니었기 때문에 방송에서 크게 메인으로 나가지도 않아서 그리 티가 나지도 않았다.

모든 그룹에는 어쩔 수 없이 뒤로 밀리는 사람이 있어야 하는데 그녀가 그런 타입이었던 것.

다행히도 그녀 스스로도 춤을 추고 공연하는 건 좋아하지만 사람의 관심을 받는 건 부담스러워하는 타입이라 별말은 없었다.

'사람의 관심을 꺼리는 걸 그룹 멤버라니 이해가 안 갔지만…….'

일단 중요한 건 그게 아니다.

노형진은 박상규의 안내를 받으면서 회의실로 들어갔다.

이미 그곳에는 대룡엔터테인먼트의 주요 임원들과 이사들이 와 있었다.

"노 변호사, 미안합니다. 일이 다급하게 터져서……."

"그런 말 그만하고 바로 회의를 진행하지요. 지금 상황에서 인사가 중요한 건 아니지 않습니까?"

"그건 그렇지요."

노형진의 말에 박상규가 앞으로 나서서 다급하게 입을 열었다.

"일단 지금 가장 중요한 것은 하이엘과 송가연의 미래입니다. 그저께, 그러니까 서른다섯 시간 전쯤에 인터넷에 이런 글이 올라왔습니다."

그가 키보드의 키를 누르자 모니터에 인터넷에 올라온 글이 떠올랐다.

저는 학교 폭력의 피해자입니다. 방송에 나오는 가해자를 볼 때마다 가슴이 찢어집니다. 그때의 트라우마 때문에 아직도 고통받고 있습니다. 그런데 제 인생을 망가뜨린 가해자는 방송에서 예쁜 척하면서 잘 먹고 잘 살고 있네요.

이렇게 시작된 글. 노형진은 그걸 보고 혀를 끌끌 찼다.

"학교 폭력의 피해자가 쓴 글이군요. 저도 봤습니다. 못 본 사람들은 없을 테니 그 부분은 넘어가지요. 그 가해의 내용이 아니라 지금의 상황이 문제니까요."

"일단 알겠습니다. 이 글은 인터넷 사이트 뿌뿌에 올라왔고 현재 전 사이트에 퍼졌습니다. 각 사이트는 송가연의 방송 하차를 요구하고 있습니다. 아니, 송가연뿐만이 아니라 하이엘 전원을 하차시키기를 요구하고 있습니다."

그럴 수밖에 없다.

송가연은 성격상 혼자서 단독으로 프로그램에 들어가기 힘든 상황이었다.

그래서 모든 프로그램에 하이엘 전원 또는 일부 멤버들이 같이 들어가서 그런 송가연을 케어해 주곤 했다.

그런데 학교 폭력 문제로 송가연이 하차하게 되면 다른 멤버만 남아 있다는 것은 말도 안 되는 형태가 되어 버린다.

당연히 하이엘 전부가 하차하는 형태가 되어 버릴 수밖에 없다.

"으음…… 방법은 하나뿐이네. 바로 커트하지."

본사에서 나온 서 이사라는 사람은 침중한 표정으로 말했다.

"네? 하지만……."

박상규는 당혹스러운 표정이 되었다.

일이 터진 지 채 이틀이 되지 않았다.

그런데 무조건 자르자니?

"자네, 이해가 안 가나? 지금까지 학교 폭력으로 몰락한 가수가 어디 한두 명인가? 마약? 음주 운전? 도박? 하다못해 섹스 비디오도 다 용서받고 컴백했지만, 학교 폭력으로 찍힌 가수들 중에서 컴백한 사람이 있던가?"

서 이사의 말에 박상규는 입을 다물었다.

그건 서 이사보다 그가 더 잘 알고 있다.

"그게…… 알고 있습니다만…… 하아."

박상규는 안타까운 표정이 되었다.

"자네 마음은 아네. 하지만 하이엘 전부를 살리기 위해서는 어쩔 수 없이 송가연을 잘라 내야 해. 사실 지금 잘라 내도 하이엘은 과거의 이름을 찾지 못할 거야."

실제로 그랬다. 수많은 그룹들이 있었지만 멤버 중 한 명이 학교 폭력으로 찍히면 그 이후는 대부분 몰락했다.

"그래도 중견으로라도 남기려면 지금 송가연을 쳐 내야 하네. 자네도 본사 방침 알지?"

"크흠. 네, 알고 있습니다."

대룡은 착한 이미지로 성장한 기업이다.

그런 곳이 나쁜 이미지를 가진 하이엘을 키워 줄 리 없다.

"쳐 내야 하네. 그건 다들 동의할 거야. 그렇지 않습니까?"

다른 이사들을 바라보면서 묻는 서 이사.

이사들은 다들 고개를 끄덕거렸다.

서 이사는 본사에서 온 사람이다.

그런 그가 이리 말했다는 것은 본사의 결정이 그와 같다는 소리다.

그리고 그 결정에 반박하거나 저항할 사람은 없었다.

상식적으로도 그게 합리적인 선택이기도 하니까.

"아니요. 저는 용납 못 합니다."

"응? 노 변호사님, 노 변호사님이 용납을 못 하신다고요?"

단 한 명, 노형진이 반대를 했을 뿐이다.

그러자 서 이사는 상당히 놀란 표정이 되었다.

"노 변호사님은 학교 폭력을 극도로 혐오하지 않습니까? 그런데 학교 폭력 가해자를 지키자고요? 그건 심각한 문제입니다. 하이엘뿐만 아니라 대룡엔터테인먼트 자체의 이미지도 생각해야 합니다."

노형진은 고개를 끄덕거렸다.

"제가 학교 폭력을 싫어하는 것은 사실입니다. 아주 극도로 혐오하지요."

가해자들의 인생? 그건 그가 알 바 아니다.

"하지만 의혹을 해결하지 않고 무조건 일방에게 뒤집어씌우는 것도 싫어합니다."

"의혹?"

의혹이라는 말에 다들 고개를 갸웃거렸다.

"하지만 이미 답은 나왔습니다. 증인이 한두 명도 아니고요."

처음에 글이 올라온 후, 송가연이 학교 폭력의 가해자라는 글이 무려 서른 개가 넘게 올라왔다.

그 때문에 사실상 그녀에 관한 문제에서 송가연은 이미 학교 폭력의 가해자로 보기에 충분했다.

"그래서 제가 반대합니다."

"증인이 많다고 반대한다고요?"

"네."

"이해가 안 가는군요. 증인들이 이 정도 나오면 답이 나온 거 아닙니까?"

"아닙니다. 특히 뿌뿌는 아니지요."

"아니라고요?"

"아마 다들 잘 모르시는 모양입니다만, 뿌뿌는 실명 인증 사이트가 아닙니다."

쉽게 말해서 누구나 글을 쓰기 쉽다는 것이다.

"제가 이상하게 생각하는 건 세 가지입니다. 첫째, 뿌뿌에서만 글이 올라왔다."

학교 폭력의 가해자였다? 그건 충분히 가능하다.

그리고 그걸 누군가 고백하고, 그걸 보고 다른 피해자들이 용기내서 글을 쓴다. 그건 정상적인 과정이다.

"그런데 말이지요, 그런 글은 오로지 뿌뿌에서만 올라옵니다."

"그게 문제입니까?"

"그게 문제입니다. 제가 알기로는 송가연은 남녀공학 출신 아니던가요?"

"그건…… 그렇지요."

박상규는 고개를 끄덕거렸다.

그녀는 중학교도, 고등학교도 남녀공학을 나왔다.

"그래서 이상하다는 겁니다. 사람은 각자 성향이 다릅니다. 특히 남자와 여자는 아주 다르지요."

성향이 다르니까 자신들이 좋아하는 곳에 글을 쓸 수도 있다.

당연히 이런 고발에 관한 글은 여러 곳에 올라오는 게 정상이다.

그런데 오로지 뿌뿌에만 올라온다.

"뿌뿌는 여성 친화적 공간입니다. 여자들이 많이 모이는 공간이지요."

"그랬나요?"

다들 고개를 갸웃했다.

노형진은 그런 사람들을 보면서 말했다.

"여기에 계신 분들은 한 분만 빼고 다 남자분이지요. 자, 여기서 뿌뿌 하시는 분?"

그런데 그 질문에 단 한 명의 홍일점인 조 부장만 손을 들었다.

"난 처음 들어 봤는데?"

"저는 들어는 봤습니다만 들어간 적은 없습니다."

다들 서로를 바라보면서 말했다.

"조 부장님, 뿌뿌에 여성 가입자가 많다는 제 말을 어떻게 생각하십니까? 사용자로서요."

"저야 뭐 홍보 담당이라 들어갈 수밖에 없으니 잘 알지요. 확실히 그곳은 여성들이 많은 편입니다. 물론 남자가 아예 없는 건 아닙니다만, 그 숫자는 10% 이하입니다. 그나마도 대부분은 눈팅이라는 형태로만 활동하지 글을 쓰는 숫자를 따지면 2%도 안 될걸요."

조 부장의 말에 노형진은 주변을 둘러보았다.

"보다시피 여성들이 많은 사이트지요. 그런데 피해자들이 모조리 뿌뿌에서 튀어나온다는 건 좀 이상합니다. 출신 학교가 남녀공학인데요."

서 이사는 잠깐 고민하다가 나름 합리적인 반박을 했다.

마냥 소리 지를 일은 아니니까.

"여자가 남자에게 가해를 하는 경우는 거의 없으니까 그런 거 아닙니까? 그러니 피해자가 거의 모두 여자일 가능성도 있고요."

노형진은 고개를 끄덕거렸다.

"합리적 의심입니다."

토론이라는 게 이런 거다.

하나씩 지적하면서 하나씩 풀어 나가는 것.

"그러면 두 번째 문제가 발생합니다."

"뭐지요?"

"박상규 대표가 말했지요? 사건이 터진 지 채 이틀도 지나지 않았다고요."

"그런데요?"

"그사이에 증인이 서른 명이나 나왔습니다. 제 경험상, 이러한 고발은 상당히 중압감을 가집니다."

"응? 그게 무슨 말입니까?"

"명예훼손이라는 거지요. 대부분의 경우 소속사에서는 그

카드를 선택할 수밖에 없습니다."

"아…… 음……."

그건 당연한 거다.

만일 단순히 인터넷에 글을 쓰는 걸로 죄를 증명할 수 있다면 남아나는 사람이 없을 것이다.

"그래서 방관자들은 방관만 합니다."

노형진은 방관자들의 심리를 아주 잘 알고 있었다.

그들은 자신에게 불이익이 오는 것을 극도로 싫어한다.

"이 서른 개의 글들 중 피해자들의 글은 총 세 개입니다. 그리고 나머지 스물일곱 개의 글은 그게 맞다는 증언이고요."

"그게 사실입니까? 그걸 다 보셨다고요?"

"네, 다 확인해 봤습니다. 이런 걸 다 보지도 않고 어떻게 해결합니까?"

"크흠."

몇몇이 헛기침을 했다.

'쯧쯧.'

노형진은 그런 그들을 보면서 혀만 끌끌 찼다.

저런 자들은 자세하게 확인하기보다는 그냥 별생각 없이 대세에 따라가려는 자들일 테니까.

"그러면 더 신빙성이 있는 거 아닙니까? 증인이 무려 스물일곱 명인데."

"일견 그렇지요. 하지만 아까도 말씀드렸다시피 뿌뿌는

실명제 사이트가 아닙니다. 중복해서 글을 쓸 수도 있지요. 그리고 생각해 보십시오. 방관자들은 자기들이 피해 입는 걸 싫어합니다. 그런데 명예훼손으로 고발당할 가능성이 높은 걸 알면서도 용기를 내서 글을 쓴다고요?"

노형진은 피식 웃었다.

"물론 일부는 그럴 수도 있지요. 일부는 말입니다. 하지만 고작 이틀도 안 지났습니다. 그런데 그 짧은 시간 동안 증인 이 스물일곱 명이나 우르르 나타나는 게 가능하다고 생각합니까?"

"흠……."

다들 고민에 빠졌다.

그럴 수밖에 없다. 노형진의 말에는 분명 신빙성이 있었으니까.

그리고 대룡엔터테인먼트의 조 부장 역시 그제야 이상하다는 듯 말을 꺼냈다.

"생각해 보니 그러네요. 아시다시피 제가 이끄는 건 홍보팀입니다. 그래서 이런 사건들을 많이 보고 예민하게 반응하지요. 하지만 증인이 아무리 많다 해도 열 명을 넘기 힘듭니다. 그것도 그 사건이 열흘 이상 길게 이어질 때 그렇지요."

하지만 고작 이틀 사이에 서른 명. 너무 많다.

"더군다나 하이엘은 명백하게 1군입니다. 만일 소송으로 들어가게 된다면 그 손해배상액이 어마어마해질 겁니다. 그런데 어째서 그런 말도 안 되는 짓을 하겠습니까?"

"하지만 그만큼 송가연이 악독했던 것일 수도 있지 않습니까?"

그래서 다른 사람들이 보기에도 이건 아니다 싶을 정도로 말이다.

"맞습니다. 그랬을 수도 있지요. 하지만 보통 그 정도 되면 피해자들이 신상을 까고 시작합니다."

"어째서요?"

"1군 아이돌. 명예훼손으로 고소해도 충분히 이길 수 있을 정도의 증거와 증인들. 그러면 그들이 바라는 건 뭘까요? 단순한 복수?"

노형진은 고개를 흔들었다.

"돈이 기반이 되지 않는 사과는 사과가 아니다, 제가 했던 말이지요."

"피해자한테 돈독이 올랐다고 그러는 겁니까?"

"그게 아닙니다. 피해자는 피해자일 뿐이지요. 그리고 가해자는 가해자일 뿐이고요. 돈독이 올랐다고 한다면 그건 명백한 망언입니다."

"그러면요?"

"돈이 필요한 이유는 많지요. 자신의 심리 치료, 자신의 망가진 인생의 교정 등등."

학교 폭력은 그 당시에 몇 대 맞고 끝나는 게 아니다.

극심한 트라우마를 남기며, 그로 인해 인생이 뒤틀려 버리는 경우가 많다.

당연히 그걸 바로잡기 위해서는 돈이 필요하다.

가해자가 피해자에게 돈독이 올랐다고 하는 건 애초에 반성의 의지 자체가 없는 거다.

"그런데 이건 그런 게 없지요."

"끄응……."

서 이사는 곤란한 표정이 되었다.

노형진의 말이 맞는 것 같으니까.

"그리고 아까 서 이사님이 저보고, 제가 학교 폭력을 싫어한다고 하셨지요?"

"그렇지요."

"그게 바로 세 번째 이유입니다."

"그게 세 번째 이유라고요?"

"뭔가를 싫어하는 데에는 이유가 있는 법이니까요."

노형진은 학교 폭력을 극도로 싫어한다.

그럴 수밖에 없는 게, 학교 폭력이 만들어 내는 비참함을 잘 알기 때문이다.

학교 폭력으로 인생이 꼬이는 사람들.

학교 폭력으로 인해 마음의 상처를 입는 사람들.

그리고 그로 인해 인생이 바뀌어 버리는 사람들.

"제가 학교 폭력을 싫어하는 이유는 폭력 자체 때문이 아닙니다. 학생이라는 이유로, 그 피해가 훨씬 큰데도 불구하고 처벌을 받지 않기 때문이지요."

"그것과 이번 사건이 무슨 관계가 있다는 겁니까? 그러면 더더욱 송가연의 방출에 동의해야 하지 않습니까?"

서 이사는 더욱 강하게 말했다.

그의 입장에서 가장 중요한 건 하이엘의 보호였으니까.

"뭔가를 제대로 공격하려면 그 상대방에 대해 잘 알아야 합니다. 단순히 법조문이 아니라 그로 인해 발생하는 피해와 PTSD까지요."

"PTSD?"

"외상 후 스트레스 증후군 말입니다. 쉽게 말하면 트라우마라고 할 수 있지요."

"그런데요?"

"제가 본 송가연은 가해자 스타일이 아닙니다."

학교 폭력의 가해자는 그 나름의 특징이 있다.

조용하고 남에게 관심이 없는 사람이 학교 폭력을 저지르는 경우는 전혀 없다.

"일반적으로 학교 폭력의 가해자는 권력적이고 공격적이며 세력화를 하는 경향이 강합니다. 반대로 피해자는 조용하고 약간 고립적인 성향이 있습니다."

그래야 남에게 도움을 청하기 힘드니까, 가해자들은 그런 먹잇감을 고르는 게 보통이다.

"조용하고 약간 고립적이다라……."

서 이사는 그제야 노형진이 안 된다는 이유를 알 것 같았다.

"딱 송가연 타입이군."

"맞습니다. 그래서 제가 송가연의 데뷔를 반대했었지요."

외향적이고 팬들의 니즈에 맞춰야 하는 엔터테인먼트의 특성상 그러한 내향적인 스타일은 적합하다 보기 힘드니까.

"나중에 내향적으로 바뀌었을 가능성은요?"

"그러기는 힘들죠. 보통 그러한 내향성은 트라우마에 의해 생기는 경우가 많아서요."

"하지만 그게 트라우마라는 걸 어찌 아는 겁니까?"

"모든 연습생들은 자신에 관련된 상담을 받아야 합니다. 그런 규칙이 있지요."

"아, 그랬지요."

노형진은 인성이 파탄 나서 자기뿐만 아니라 회사까지 말아먹는 연예인을 많이 봤다.

"여기에 그 상담 기록이 있습니다. 아, 물론 정신과 상담 기록은 아닙니다. 그건 법적으로 기밀로 하게 되어 있어서 저도 열람 불가능합니다."

"그럼 뭡니까?"

"연습생으로 들어올 때 받은 인성 상담입니다. 이건 심리 상담과 다르게 기밀이 아니죠. 물론 관련자들에 한해서지만."

노형진은 페이지를 넘겼다.

"이 부분에 이렇게 되어 있습니다. 자신에게 춤이란 뭔가라는 질문에 이렇게 답했더군요. 춤이란 자신의 탈출구라고."

"음…… 그건 그럴듯하게 대답하는 애들이 많이 쓰는 말 아닙니까?"

"그건 그렇지요. 하지만 연습생이 되면 진짜 탈출구가 됩니다."

"어째서요?"

"합법적으로 학교에서 도망갈 수 있으니까요."

"아……."

연습생이 된다고 해서 학교를 빼지는 못한다.

하지만 최소한 학교가 끝난 후에 자연스럽게, 소위 말하는 야자에서 빠질 수는 있다.

"제 경험상 학교 폭력이 발생하는 시간이 바로 그때입니다."

정규 수업 시간은 50분 수업에 10분 휴식으로 이루어진다.

그 시간에 괴롭히고 싶다고 해도, 수업 중에 괴롭힐 수 있는 방법이 많지는 않다. 물론 아예 없는 것도 아니지만.

"하지만 야자는 다르지요."

"야자가 아직 있다고요? 내 아들은 안 하던데?"

서 이사는 깜짝 놀란 얼굴로 말했다.

야간 자율 학습.

말이 자율 학습이지 사실상 강제로 잡아 두는 거다.

그런데 일단 자율이라고 붙여 놨으니 선생은 없다.

그렇다 보니 학교 폭력의 가해자들이 그때를 이용하여 망을 보는 시다바리를 하나 두고 피해자를 괴롭히는 것이다.

"현실적으로 말하면 야자를 하는 학교가 아예 없는 건 아닙니다. 케이스 바이 케이스거든요."

"으음······."

"야자는 공부에 대한 지원 정책이라기보다는 아이들의 통제 수단이니까요."

"통제 수단이라······. 하긴 그랬지요."

학생을 인격체가 아니라 짐승 그 이하로 보고 자신들이 관리하며 그들의 인생을 지배할 수 있다는 생각이 만들어 낸 제도.

"그리고 돈 문제도 있고요."

"돈 문제?"

"다들 야자비 내 보셨잖습니까?"

"아, 그랬지요. 그런데 그게 왜 문제가 됩니까?"

"그거 불법입니다."

"네?"

"그거 불법이라고요."

서 이사는 몰랐다는 듯 입을 쩍 벌렸다.

"애초에 불법입니다."

야자비라는 이유로 매달 걷어 가는 돈은 적게는 3만 원, 많게는 5만 원이다.

자기들 말로는 그 돈으로 전기세를 내고 에어컨을 돌린다고 하지만…….

"대부분은 교장이나 선생들이 집어삼키지요."

학생수가 사백 명만 되어도 3만 원씩 하면 한 달에 1,200만 원이다.

에어컨을 아무리 돌려 봐야 전기세가 한 달에 200만 원 안 나온다. 학교는 국가 지원 대상이니까.

"그리고 애석하게도 송가연의 학교는 그러한 강제 야간 자율 학습 대상 학교였습니다. 요즘은 흔하지 않지만요."

"그런 것까지 확인한 건가요?"

"거수기 노릇이나 하라고 저를 여기로 부르신 건 아니지 않습니까? 문제 해결하라고 부른 거 아니었나요?"

다들 입을 다물었다.

그건 맞다. 그들이 생각할 수 있는 최선의 수는 방출뿐이었으니까.

실제로 노형진이 알아 온 정보는 그들의 예상과는 좀 많이 달랐다.

"이러한 점을 볼 때, 송가연은 가해자라기보다는 피해자였을 가능성이 높습니다."

"그런데 왜 인터넷에서 저런 말이 나온단 말입니까? 이해가 안 가는군요."

"그건 아마도 질투 때문일 가능성이 높습니다."

"질투 말입니까?"

"한국 속담 중에 이런 말이 있지요. 사촌이 땅을 사면 배가 아프다."

그만큼 한국 사람들은 남이 잘되는 걸 못 보는 성향이 강하다.

어떻게 해서든 깔아뭉개고 무시하고 낮춰 보려고 하는 것이다.

"그런데 자신이 괴롭히던 빵 셔틀이 자신보다 잘나가는 걸 알게 된다면 어떻겠습니까?"

"그러니까 이게 다 조작이다?"

"제가 보기에는 그렇습니다. 이런 사건이 없었던 것도 아니고요. 안 그런가요, 조 부장님? 경험이 많으시지 않습니까?"

조 부장은 길게 한숨을 내쉬었다.

"아…… 그렇지요. 일종의 통과의례인 셈이지요."

"통과의례라고?"

"네, 80% 이상의 연예인들이 한 번은 겪는 일입니다."

"그 정도입니까?"

서 이사는 몰랐다는 듯 말했다.

"그러면 별거 아니지 않나요?"

"그게 문제입니다. 별거 아니지만 별거이기도 하지요."

하도 비일비재하다 보니 대부분의 경우는 그냥 묻혀 버린다.

실제로 워낙 그런 일이 많아서, 그런 일이 생기면 소속사에서는 일단 명예훼손으로 고소하는 경우가 많다.

"그래서 방송국이나 팬들도 그런 소문을 혼자서 지껄이면 그냥 개무시하고 맙니다."

"혼자서란 말이군."

하지만 이번에는 혼자가 아니다.

피해자만 무려 세 명이고 증인만 스물일곱 명이다.

그렇다 보니 일이 어마어마하게 커진 거다.

"사실 일진설 한번 거쳐 보지 않은 연예인을 찾는 게 더 쉬울 겁니다."

조 부장은 착잡하게 말했다.

"어떤 경우는 그냥 질투가 나서, 어떤 경우는 관심을 받고 싶어서 만난 적도 없는 연예인에 대해 헛소리를 퍼트리는 사람도 있는데요, 뭘."

"처벌받으리라는 걸 알면서도 말입니까?"

"안다고 안 하면 세상에서 범죄라는 게 사라질 겁니다."

노형진은 씁쓸한 표정으로 말했다.

농담이 아니다.

대부분의 범죄자들은 그러한 범죄가 처벌로 이어진다는 것을 알면서도 저지른다.

"한국 법이 워낙 물렁하니까요. 그리고 송가연의 나이를 생각하면 말이지요."

지금 송가연의 나이는 20세.

그 말을 한 가해자도 20세.

"보통 아직 철이 덜 들고 세상 무서운 줄 모를 나이지요. 결정적으로 아직도 자신이 청소년 보호법의 보호를 받는 줄 알고 있는 나이이기도 하고요."

청소년 보호법이 보호하는 나이는 만 18세까지이다.

그런데 보통 고등학교를 졸업한 후에 크게 사고를 치는 경우는 드물다.

그래서 아직도 자신이 어리다고, 이런 걸 해 봐야 처벌이 약할 거라고 많은 가해자들이 착각을 한다.

"쉽게 말해서 자기 버릇 개 못 준다 이거군요."

"그렇습니다."

"그러면 이걸 어쩐다. 변호사님 말씀마따나 송가연이 억울하다고 가정하면 상황이 이상해집니다. 그걸 증명하려면 형사 고소를 해야 합니다. 명예훼손으로 말이지요. 하지만 그것도 우리한테는 그다지 유리하진 않습니다만."

서 이사는 테이블을 톡톡 두들겼다.

그 역시 사회 경험이 많은 사람이다.

"그러면 100% 가해자가 피해자에 대한 탄압을 한다고 볼 겁니다. 그들이 처벌받아도 안티들이 확 늘어날 겁니다. 권력을 이용해서 덮었다는 소리도 나올 테고요."

힘이 없는 소속사라면 모르지만 무려 대룡이다.

대룡이 힘이 없어서 당한다는 건 말도 안 된다.

"그게 소속사에서 겪는 가장 큰 문제지요."

인민재판이 이미 끝난 상황에서 이쪽에서 법적으로 한다는 것은, 법을 이용한 보복으로 보인다.

더군다나 한국은 명예훼손의 내부에 사실 적시에 의한 명예훼손도 포함된다.

그 말은 일진인 게 사실이라고 해도 그걸 밝힘으로써 피해를 입었다면 그것도 처벌 대상이라는 거다.

"그렇다 보니 아니라고 해 봐야 국민들이 안 믿습니다. 보통은 그냥 일진이 발악한다고 생각해 버리지요."

"그래서 지금까지 이런 문제에서 가장 효과적인 방법이 방출인 겁니다."

노형진은 고개를 끄덕거렸다.

그건 맞는 말이다. 방출하는 편이 편하고 빠르며 또한 확실하다.

"하지만 까딱 잘못하면 무고한 피해자가 발생하며 악이 승리한다는 걸 증명하는 셈이지요. 법을 배울 때 이런 말을 가장 먼저 배웁니다. 한 명의 무고한 사람이 발생하는 것보다는 백 명의 도둑을 풀어 주는 게 낫다."

만일 여기서 기존 방식을 쓰게 되면 송가연의 인생은 확실하게 망가진다.

"형사 고소도 할 수 없고, 그렇다고 그냥 둘 수도 없고."

서 이사는 곤혹스러운 얼굴로 걱정을 했다.

그가 생각하기에는 경찰 말고는 아무런 해결책이 안 보였으니까.

"고소를 해도 문제, 고소를 안 해도 문제네요."

박상규 또한 곤혹스러운 표정이었다.

"박 대표, 이런 문제를 다른 곳에서는 어떻게 해결했나?"

어찌 되었건 이 안에서 가장 경험이 많은 것은 박상규다.

서 이사는 그에게 지그시 물었고, 박상규는 입술을 깨물었다.

"보통은…… 일이 터지기 전에 돈을 주거나……."

"응? 돈이라니?"

"진짜 일진 출신인 경우도 종종 있으니까요. 설사 아니라고 해도, 문제가 되는 걸 막아야 하니까요."

대중을 상대한다는 점에서 그건 심각한 문제다.

"하지만 노 변호사님의 말씀대로라면 이건 돈의 문제가 아니라 질투의 문제입니다. 그 말은 우리가 돈을 준다고 해서 받을 리도 없거니와, 설사 받는다고 해도 이미 일은 터진 상황이라는 겁니다."

즉 지금 와서는 방출이냐, 아니면 고소하고 버티기냐 하는 두 가지 카드밖에 없다는 것이다.

"허허…… 이거 참."

서 이사는 혀를 끌끌 차다가 노형진을 바라보았다.

"노 변호사님, 혹시 대응책이 있으십니까?"

"네, 있습니다."

"있다고요? 하지만 이런 상황이라면……."

박상규는 너무 놀라 말이 안 나왔다.

"그 대상이 누군지도 모르지 않습니까?"

저들은 철저하게 익명성 뒤에서 움직이고 있다.

차라리 대놓고 나왔으면 협상이라도 하겠는데, 저들은 그 익명성 뒤에 숨어서 모습을 보이지 않고 있다.

"일반적으로 그들이 누구인지 알아내는 방법은 하나뿐이지요. 고소."

아무리 익명 사이트라고 하지만 계정을 만들 때 정보를 입력하게 되어 있고, 설사 정보를 입력하지 않거나 가짜로 넣었다고 해도 IP는 남을 수밖에 없다.

"그 말은 그들을 찾기 위해서는 고소를 하는 수밖에 없다는 말이지 않습니까?"

그게 가장 문제다. 고소를 하는 순간 욕을 더 먹게 되니까.

"우리가 찾아야 하는 건 그들이 아닙니다."

"네?"

"그게 무슨 말입니까?"

주위 사람들은 이해가 가지 않았다.

당사자를 찾지 않고 어떻게 문제를 해결한단 말인가?

"우리가 찾아야 하는 것은 그들을 제외한 전부입니다."

"그들을 제외한 전부?"

"그렇습니다. 조 부장님, 한 가지만 여쭙겠습니다. 보통 아이돌, 특히 여자 아이돌들 중에서 외모 때문에 질투받은 경험이 있는 사람들이 많던가요?"

"많지요."

물론 화장발이라는 이름으로 어지간하면 커버가 되는 게 현실이지만 그렇지 않은 경우도 있다.

압도적으로 외모가 되는 경우는 질투의 대상이 되기도 한다.

"제가 봐서는 송가연은 그런 타입일 것 같은데요."

노형진이 반대할 만큼 엔터테인먼트에 어울리지 않는 성격. 그럼에도 불구하고 데뷔하고 적지 않은 팬을 가질 수 있었던 이유, 그건 그녀의 압도적인 외모였다.

사실 외모만 보면 센터를 하고도 남았다.

다만 그녀 스스로 센터를 피할 뿐.

"반대로 말하면, 학교 다닐 때도 인기가 많았으리라는 거지요."

노형진은 좌중을 보면서 차분하게 말했다.

"생각을 해 보세요. 지금도 질투에 눈멀어서 거짓을 말하는 자들이 그때는 괴롭히지 않았을까요?"

실제로 여자들 사이에서 많이 발생하는 학교 폭력의 원인 중 하나가 자기 남자를 빼앗아 갔다는 말도 안 되는 이유다.

물론 빼앗아 가기는커녕 남자가 일방적으로 좋아하는 경우가 대부분이지만.

"그리고 그 정도 외모를 가지고 있다면 그걸 기억하는 다른 학생들이 있을 수밖에 없지요."

"하지만 그런다고 해서 뒤집어질까요?"

서 이사는 과연 그들을 찾는다고 해서 여론이 뒤집어질까하는 생각에 우려 섞인 말을 꺼냈다.

"찾는 것만이 목적이라면 힘들지요. 하지만 그들이 전면에 나선다면 어떨까요?"

"전면요?"

"생각해 보세요. 지금 우리가 불리한 이유는 세 명의 피해자와 스물일곱 명의 증인들 때문입니다. 하지만 그들은 익명성 뒤에 숨어 있지요."

하지만 다른 증인들, 그녀가 학교 폭력의 가해자가 아니라 피해자였다는 증인들, 그들이 당당하게 나선다면?

"저들과 다른 점은, 이쪽은 당당하다는 거지요."

그러니 신상이 밝혀진다고 해도 문제 될 것이 없다.

당당하니까.

"그렇군요! 그렇게 되면 저쪽은 자신의 신상을 까기 전에는 정당성을 의심받겠군요!"

"정확합니다."

이쪽과 비등한 숫자가 된다면 저쪽은 어떻게 해서든 자신들의 정당성을 밝혀야 한다.

그리고 숨으면 숨을수록 그들은 더욱 불리해질 것이다.

"저희는 그냥 가해자와 피해자의 문제인 줄 알았는데……."

"법원에서는 그렇지요. 하지만 이건 사회적 문제입니다.

당연하게도 주변 사람들 역시 관련이 있지요."

법원에서 당사자끼리의 방식으로 해결한다고 해서 사회적
으로 법원의 방식을 따를 필요는 없다.

"일단 고소는 하지 마세요. 그 당사자들을 찾는 것은 어려
운 일이 아니니까요."

송가연은 학교를 졸업한 지 얼마 되지 않았다.

당연히 학교의 앨범에 그들의 연락처가 있다.

"그리고 그중에는 송가연에게 호감을 가진 사람도 있을 테
고요."

학교에 있을 때는 학교라는 집단에 속해 있고 분란을 피하
기 힘들지만, 그들은 이미 학교라는 집단에서 나왔다.

그 말은 하등 상관없는 일이 되었다는 소리다.

"그리고 그들을 찾으면 가해자들의 신분 역시 확실하게 알
수 있을 겁니다."

노형진은 눈을 반짝거렸다.

⚖

─너 가연이 기억하냐?

송석진은 친구의 연락에 씁쓸하게 웃었다.

"이 새끼야, 그만 좀 놀려라. 한 번 차인 거 가지고 아주
환갑 때까지 우려먹겠네. 사골이냐?"

말을 하면서 과거가 기억나 다시 마음이 안 좋아졌다.

고등학교 때 고백했다가 대차게 까였으니까.

"그런데 송가연한테 까인 게 나 혼자도 아닌데 왜 자꾸 우려먹으려고 그래?"

—그래서 전화한 거야. 그 애 소속사에서 연락 왔더라.

"소속사에서?"

—요즘 뉴스 봤잖아, 송가연 학교 폭력 문제.

"아, 그 헛소리. 말도 안 되지."

—그러니까. 자기들이 알기로는 송가연은 도리어 피해자인데 학교 폭력 가해자로 몰리는 게 이상하다고, 그에 대해 증언 좀 해 줄 수 있느냐고 하던데.

"으음……."

송석진은 잠깐 고민했다.

그리고 그 고민은 오래가지 않았다.

어차피 그는 거짓말을 하는 것도 아니니 거리낄 이유가 없다.

물론 부담스러워서 거절하는 사람도 있을 수 있겠지만, 지금으로써는 그다지 부담스러운 일도 아니었다.

"뭐, 어렵지 않지. 나한테 발표시키는 건 아니지?"

—그건 아니고, 그냥 발표할 때 뒤에 서 달래.

"그 정도는 어렵지 않을 것 같다. 그런데 그런 헛소문은 도대체 어디서 나는 거야?"

—나야 모르지. 하지만 가능하다는 거지?

"그래, 뭐. 그렇게 하지, 뭐."

송석진은 간단하게 말했다.

―오케이. 다른 사람한테 물어봐야겠다.

"나도 다른 녀석들한테 물어볼게."

그들은 그렇게 조금씩 사람들을 불러 모았다.

⚖️

며칠 지나지 않아 노형진은 충분한 숫자의 사람들을 모을 수 있었다.

"이번 사건에 관련해서 저희 대룡엔터테인먼트에서 공식적으로 조사한 바에 따르면, 하이엘의 송가연 양은 학교 폭력의 가해자가 아니라 도리어 학교 폭력의 피해자라는 점이 드러났습니다."

"피해자요? 그게 사실인가요?"

"하지만 증인이 무려 스물일곱 명입니다. 더군다나 피해자만 세 명이고요."

기자들은 눈이 벌게져 있었다.

이러한 주제는 아주 먹음직스러우니까.

그리고 반대로 말하면, 이게 뒤집어지는 것도 상당히 먹음직스러운 주제였다.

"알고 있습니다. 하지만 그들은 학교 폭력의 피해자라고 주장하는 익명이지요. 저희가 아는 바에 의하면 해당 사이트는 딱히 실명 인증을 하지 않는 곳입니다."

"그러면 대룡엔터테인먼트는 다르다는 겁니까?"

"그렇습니다. 제 뒤에 있는 약 서른 명의 분들은 모두 그당시 학교에 재학하시던 분들이고, 그중 열다섯 분은 송가연 양과 3년 사이에 한 번씩은 같은 반이셨던 분들입니다."

기자들의 눈이 그쪽으로 돌아갔다.

기자회견이 열린다고 해서 와 보니 뒤에 사람들이 서 있어서 누군가 했는데 생각지도 못한 증인들이 튀어나온 것이다.

"이분들의 신분은 저희가 보장합니다. 해당 연락처는 송가연 양의 졸업 앨범을 통해 확보하였고, 저희가 합법적으로 도움을 요청해서 여기까지 나와 주셨습니다."

"그 말은, 이 사람들이 다 송가연 양이 피해자라고 주장한다는 말씀인가요?"

"이분들뿐만이 아닙니다. 방송 출연을 꺼려서 출연을 기피하신 분들 중 오십여 분이 그에 관련해서 진술을 해 주셨습니다."

"그러면 송가연 양이 피해자라는 건가요?"

"그렇습니다. 이분들의 증언에 따르면 송가연 양은 고등학교 3학년 내내 특정 집단에게 학교 폭력을 당했다고 합니다."

웅성거리는 기자들.

연예부 기자들이 이런 사건을 잘 쫓아다닌다.

그리고 학교 폭력과 관련해서 어떤 일이 벌어지고 있는지
도 잘 안다.

　노형진이 회의에서 말한 것처럼 가짜로 학폭의 가해자라
고 말하는 놈들이 넘쳐 난다.

　"그러면 이 모든 게 다 조작되었다고 생각하시는 겁니까?"

　"그건 당사자를 만나서 들어 봐야지요. 하지만 피해자라
고 주장하는 분들이 어디에 계신지 알 수가 없으니 저희는
그 당시 다른 학생분들을 만날 수밖에 없습니다."

　"고소나 고발은 하시지 않는 건가요?"

　"고소나 고발은 최후의 수단입니다. 아직 명확하게 상대
방의 입장이 드러나지 않은 상황에서 무조건적인 고소와 고
발은 올바르지 않다고 생각하여, 저희 의견을 공식적으로 말
씀드리고 피해자라고 주장하는 분들이 연락을 해 주시기를
바라고 있습니다."

　박상규의 말에 기자들은 재빨리 글을 써서 보냈고, 사건은
그렇게 역전되기 시작했다.

⚖️

　-글삭튀 엄청 빠르고요.
　-이 정도면 조작이라고 봐야 하지 않나?
　-대놓고 조작이지.

−글삭튀 한다고 감춰지나? 여기 박제.

−와, 이거 급팝콘각?

순식간에 뒤집어진 상황.

이쪽에서 증인을 들이밀기 시작하자 저쪽은 바로 글을 삭제하고 잠수를 타 버린 것이다.

"허어."

박상규는 기가 막혔다.

이런 문제는 엔터테인먼트계에서는 아주 고질적인 문제였다.

그런데 이걸 이렇게 단순하게 해결할 줄은 몰랐던 것.

"그냥 친구들이 나설 줄은 몰랐는데요?"

"아무래도 상황이 상황이니까요."

"상황이 상황이다?"

"만일 소수의 사람들만 한다고 했다면 다들 꺼렸을 겁니다."

가해자가 친한 사람들을 데리고 쇼한다고 말이다.

하지만 노형진이 전교생에게 연락을 해서 다수가 참가하자 그런 말이 나올 일이 없어진 것이다.

"모든 경우에 다 쓸 수는 없을 겁니다. 아무래도 송가연이 피해자라는 것이 중요한 변수였겠지요."

단순히 일반 학생이었다면 이 정도 호응은 없었을 것이다.

하지만 피해자에게 일종의 심리적 죄책감을 가지고 있는 사람들이 입을 열면서 상황은 돌변했다.

"결정적으로 상대방이 글을 삭제할 수밖에 없었을 테고요."

그들의 생각에는 자신의 거짓말을 동창들이 부정한다는 예상은 없었을 것이다.

"뻔하지요. 그렇게 주장해서 송가연의 인생을 망가트리면 자신들은 좋은 거고, 운이 좋다면 돈도 좀 벌 수 있는 거고."

어깨를 으쓱하는 노형진.

"이 문제가 이렇게 쉽게 해결될 줄이야. 허허허."

박상규는 어이가 없어서 허허 웃었다.

"해결요? 아니요, 이제 시작입니다."

"네? 하지만 이미 언론에서도 답이 나왔는데요."

아직 끝이 아니라는 말에 박상규가 고개를 갸웃하자 노형진은 씩 웃었다.

"전에 듣지 않으셨습니까? 제가 학교 폭력을 무척이나 싫어한다고요."

"그건 들었지요. 설마……?"

"도망간다고 해서 정의가 실현된 건 아니지요. 남의 인생을 망가트릴 생각이라면 자기 인생도 한 번은 걸어야 하지 않겠습니까? 후후후."

과연 자신의 인생이 망가지는 것을 가해자들은 어떻게 받아들일지, 노형진은 참으로 궁금했다.

자기 무덤을 판 자들

노형진은 고소를 할 예정이었다.

일단 여론을 뒤집었으니 고소를 해도 뭐라고 할 사람은 없다.

도리어 인터넷에서는 고소를 하라고 난리였다.

물론 고소를 하기도 전에 노형진은 그들의 신분을 알 수 있었다.

"정경애 같은데?"

"맞아, 그년이네. 그년들이 아니면 이런 짓거리 할 사람이 없지."

"정경애가 누굽니까?"

노형진을 도와서 진실을 밝혔던 사람들.

그들은 학교생활을 할 당시의 일을 다 알고 있으니까.

"정경애라고 미친년 하나 있어요. 3년 동안 송가연을 못 잡아먹어서 안달 났던."

같이 무대에 올랐던 여자 한 명이 눈을 찡그리며 말했다.

"그 미친년이 자기들끼리 몰려다니면서 가연이를 쥐 잡듯 했다니까요. 진짜 가연이가 그때 연습생으로 빠지지 않았다면 진즉에 죽었지, 죽었어."

"그 일에 대해 잘 아시나 봐요?"

"고등학교 2학년 때 반장이었어요."

그녀는 반장으로 학교생활을 하면서 여러 가지를 들었는데, 그중 하나가 정경애와 그 패거리에 관한 일이었다.

"제가 알기로는 고 1 때 사귀던 오빠가 있는데 그놈이 송가연한테 반해서 정경애를 찼거든요."

"흔한 일이네요."

"흔하다고요?"

"네, 여자들의 학교 폭력의 발단 중에 흔한 일입니다."

"그런가? 그건 잘 모르겠고. 하여간 그다음부터 이 미친년이 송가연을 죽이려고 덤볐어요. 더 웃긴 건, 송가연은 그 오빠한테 한 치의 감정도 없었다는 거예요."

그는 천생 양아치 기질이 있는 사람이었고, 송가연은 춤을 좋아하기는 하지만 양아치와는 거리가 멀었다고 한다.

"그때까지만 해도 가연이한테 춤은 취미 정도였지 춤으로 연예계에 나갈 생각은 없었거든요."

하지만 학교 폭력이 심해지고 도망갈 길이 없어지자 소속사에 찾아가 오디션을 보고 연습생이 되는 것으로 야자를 피하려고 했던 것이다.

"그런데 그 후로 더 쥐 잡듯 하더라고요."

"질투군요."

"더럽게 질투가 심했지요."

정경애를 생각하던 그 여자는 눈을 찌푸리며 말했다.

"하여간 답이 없었어요."

"학교에서는요?"

"우리 학교요? 그 꼰대들이 뭘 해결하겠어요?"

'그건 그렇지.'

이제는 거의 사라진 야자를 하는 학교다.

그리고 그 핑계로 야자비를 받는 학교다.

그런 학교라면 소위 말하는 명예를 위해 모든 걸 다 덮어버리는 방식을 선호할 것이다.

"하여간 저도 졸업하고 그쪽으로는 고개도 안 돌린다니까요. 문제가 생겨도, 해결할 의지도 없는 꼰대들만 있었거든요."

"무슨 소리인지 알겠습니다. 결과적으로 말해서 학교에서는 해결 의사 자체가 없었다는 말이군요."

"네."

여자의 말에 노형진은 대충 상황이 이해가 갔다.

"그들 말고는 이 정도 짓거리를 할 사람이 없지요."

"알겠습니다. 그쪽으로 파고들지요."

노형진은 고개를 끄덕거렸다.

그리고 상대방을 안다는 것은 여러모로 편리했다.

"역시나라고 해야 하나요?"

송가연의 사건을 수사하게 된 경찰은 노형진의 앞에서 곤란한 듯한 표정으로 말했다.

"애석하게도 그 글을 쓴 위치가 다 PC방이더군요."

"그래요? 아마도 같은 PC방이겠지요?"

"어떻게 아셨습니까? 아, 물론 다 똑같은 건 아닙니다만."

노형진이 다 안다는 듯 말하자 경찰은 깜짝 놀랐다.

"이미 조작한 걸 알고 있으니까요."

조작을 한 것은 정경애라고 했다. 그리고 그 친구들일 가능성이 높다.

"그리고 그 PC방들은 광주에 있겠지요?"

"에? 그걸 어떻게?"

작성에 사용된 PC방은 총 열한 곳.

그런데 그 PC방들은 모두 광주에 위치해 있었다.

"의심받는 사람이 있습니다."

"단순히 그 이유로요?"

"그 패거리가 광주에 있는 모 대학으로 진학했다고 하더군요."

"아, 그래서 그런 건가요? 으음…… 그러면 답이 나오는군요."

광주에서 그들이 짜고 그걸 올린 것이다.

"제법 머리를 썼어요."

한 곳에서 올리면 걸릴 것 같으니까 여러 곳을 돌아다니면서 글을 올린 것이다.

그리고 집에서, 혹은 핸드폰을 쓰면 그게 추적되니까 PC방을 이용한 것이고 말이다.

"아마 자기들 딴에는 안 걸리기 위해 나름 머리를 쓴 것이겠지요."

노형진은 혀를 끌끌 찼다.

"PC방에는 확인해 보셨나요?"

"애석하게도 눈을 제외한 모든 부위를 마스크와 모자로 가렸더군요."

한겨울이다 보니 직원도 딱히 이상하게 생각하지는 않았고, 그들은 글을 쓰고 조용히 나갔다고 한다.

심지어 돈도 현금으로 결제를 해서 추적이 불가능하다고 한다.

"진짜 작정하고 한 것 같은데."

"같은데가 아니라 작정한 겁니다. 정상적인 사람이 단 사흘 만에 그 정도 글을 쓰면서 돌아다니지는 않으니까요."

"그건 그러네요. 그나마 다행인 건 그들이 모두 함께 움직였다는 겁니다."

그들은 PC방에 같이 가서 글을 썼는데 그 숫자가 열한 곳.

"네 명이 돌아다니면서 글을 썼더군요. 혹시 그들의 이름을 아시나요?"

"정경애라는 여자입니다. 학교 다닐 때 송가연에게 학교 폭력을 했던 가해자입니다."

"가해자요? 그러니까 가해자가 피해자인 척 행세를 했다는 건가요?"

"네, 일종의 선빵인 셈이지요."

"선빵?"

"네, 여러 가지 감정이 뒤섞인."

정경애는 송가연에게 학교 폭력을 가했다.

그런데 자신이 만만하게 봤던 송가연이 성공한 연예인이 되어 버렸다.

그러니 질투에 눈이 멀어 버린 것이다.

"다른 하나는 송가연이 성공함으로써 자신에 대한 고소와 고발을 할 수 있는 상황이 되어서지요."

"네? 그건 이해가 안 가는데요. 고소 고발은 언제든 가능합니다만."

"아마도 몰랐을 겁니다. 학교 폭력의 가해자들은 대부분 모르더군요."

노형진은 머리를 긁적거렸다.

어떻게 보면 이것도 자신이 저지른 사건의 나비효과니까.

"전에는 그냥 학교가 끝나면 끝이라고 생각했습니다. 하지만 지금은 공소시효라는 게 널리 홍보가 되었지요."

"아! 그러네요."

새론에서 꺼내 든 공소시효라는 카드.

그 때문에 가해자들은 더 이상 학생이라는, 어리다는 핑계를 댈 수가 없게 되었다.

그리고 정경애는 3년간 학교 폭력을 가했고 졸업한 지 이제 2년 지났다.

"그 말은, 송가연이 고소하면 자기 인생이 끝장난다는 거지요."

단순히 처벌만 받는 게 아니다.

송가연은 제법 인기 있는 걸 그룹의 멤버다.

그녀가 눈물로 기자회견이라도 한번 하면 신상이 털리는 건 순간이니 자기들은 끝장난다.

학교에서도 사람 취급 못 받을 테고, 집에서도 그럴 테고 말이다.

"그러니 어떻게 해서든 자기들의 잘못을 감춰야 했겠지요."

"그게 송가연에게 가해자 프레임을 씌우는 거였군요."

"확실하게 가해자 프레임을 씌워 두면 자기들이 편해지니까요."

노형진의 말에 경찰은 어이가 없었다.

하지만 이내 고개를 흔들었다.

"하긴 뭐, 가해자가 피해자에게 죄를 뒤집어씌우는 거야 고전적인 방어 수단이지요."

폭행이든 교통사고든, 일단 무조건 쌍방으로 몰아간다.

"그러니까요."

선빵으로 먼저 인터넷에 때려 버리면 재판을 할 때도 판사가 헷갈릴 수밖에 없다.

"그리고 고소하면 도리어 보복이라고 주장할 수도 있으니까요."

"와, 진짜 요즘 새끼들은 너무 양아치군요."

혀를 끌끌 차는 경찰.

"저희가 소환 조사를 해 볼 수 있을지 일단 알아보겠습니다."

⚖

정경애는 당혹감을 감추지 못했다.

자신들의 계획은 이게 아니었으니까.

"이, 썅! 도대체 어떻게 된 거야? 그 새끼들이 왜 튀어나온 거냐고!"

지금까지 단 한 번도 연예인의 친구들이 그를 위해 모여서 기자회견을 한 적은 없었다.

그래서 그쪽 가능성은 전혀 생각도 못 했다.

그런데 뜬금없는 기자회견 때문에 자신들의 계획이 완전히 망가졌다.

"이제 어쩌지? 우리가 한 게 걸리면 어쩌지?"

"어떻게 찾을 건데? 우리가 했다는 증거 있어?"

그들은 혹시나 몰라서 완전히 얼굴을 가리고 평소 다니지도 않는 PC방에 가서 글을 올렸다.

익명 사이트였기 때문에 당연히 그 신빙성을 더하기 위해 마치 자기들이 피해자나 증인인 것처럼 추가로 글도 올렸다.

그래서 송가연을 완전히 매장할 수 있다고 생각했는데, 그게 실패했다.

"하지만 다른 놈들이 우리 알잖아."

"아, 썅!"

정경애는 저절로 욕이 나왔다.

친구들이 그들에게 의심스러운 사람을 말할 가능성이 높은데, 누가 봐도 그건 자신들이었으니까.

"걱정하지 마. 그건 의심일 뿐이잖아. 우리가 그 PC방에 갔다는 걸 증명할 방법은 없어."

물론 CCTV가 있을 테지만 얼굴을 가렸고 키나 복장으로 특정할 수는 없다.

옷도 하루 입고 버려도 문제없는 싸구려였고, 개나 소나 다 쓰는 키보드에서 자신들의 지문이 나올 가능성은 없었다.

"우리가 안 했다고 하면 누가 어쩔 거야?"

물론 의심스러운 상황은 맞다.

자신들이 진학한 곳이 광주이고 글이 올라온 곳도 광주다. 그리고 자신이 학교 폭력의 가해자다.

그러니 의심은 할 것이다.

하지만 의심을 하는 것과 처벌은 전혀 다른 문제였다.

"그년은 아무것도 못 해, 아무것도."

정경애는 그렇게 말하면서도 가슴속 깊은 곳에 도사리고 있는 공포를 떨쳐 버릴 수가 없었다.

⚖️

"패거리라는 건 뻔하지요."

노형진은 박상규를 향해 웃으며 말했다.

"경찰의 말로는 특정하기 힘들다고 하더군요. CCTV에서 보이는 모습으로는 누구인지 특정할 수도 없다고 하고요."

물론 키 같은 걸로 추정은 할 수 있다.

하지만 일반적으로 모든 법은 확실한 증거가 없으면 처벌할 수가 없다.

"돈도 모두 현금을 썼다고 하니 특정도 못 하고요."

CCTV를 찾아보려고 했지만 애석하게도 관련 영상은 있었지만 정작 그들이 특정된 장면은 없었다.

"나름 머리를 쓴 거군요."

박상규는 착잡하다는 표정이 되었다.

정경애라는 가해자 때문에 어찌 되었건 하이엘은 그들을 특정할 수 있었다.

하지만 그 이후에 진행하는 게 쉽지 않다는 걸 어렵지 않게 예상할 수 있었다.

"그나마 다행인 게, IP는 추적이 나온 거라고 할 수 있네요."

그 증인과 증거가 모두 광주 일대의 PC방에서 나왔다는 것은 사람들이 의심을 가지기에 충분했고, 이제는 송가연도 하이엘도 피해자라고 다들 인정하고 있었다.

"아직 끝난 거 아닙니다."

"네? 그게 무슨 말이지요?"

"저들이 우리를 공격했던 이유가 뭐라고 생각하십니까?"

"그때 질투라고 하지 않았습니까?"

그랬다. 노형진은 자세한 상황이 알려지기 전 질투로 인해 그들이 허위 사실을 올렸을 거라고 예상했다.

"물론 틀린 말은 아닙니다. 하지만 학교 폭력의 가해자라는 근본적인 이유가 있지요."

"아, 그랬지요."

노형진과 새론은 고소의 방식을 바꿨다.

그리고 그걸 적극적으로 홍보했다.

아무리 어리고 간땡이가 부었다고 해도 매일매일 범죄를 저지르는 기록이 늘어나는 걸 보면서, 또 그로 인해 인생이 막장이 될 거라는 걸 알면서 학교 폭력을 하는 놈은 없다.

"그런데 지금 정경애는 이미 범죄자가 되었기 때문에 그걸 덮으려 할 거라고 했지요?"

박상규는 고개를 끄덕거렸다.

"그리고 그건 실패했지요. 그러면 뭐가 남을까요?"

"'뭐가'라고 하신다면?"

박상규는 노형진이 뭘 이야기하는지 금방 알아챘다.

"그들의 범죄행위가 남았군요."

"네, 물론 보통의 경우 이러한 범죄행위를 증명하는 것은 상당히 어렵습니다."

일단 가해자의 범죄를 증명할 수 있는 수단이 없다는 것이 결정적으로 문제가 된다.

더군다나 몇 년 전 이야기니까.

"하지만 이제 상황은 바뀌었지요."

"어째서요? 갑자기 증거가 나온 것도 아니고……. 아하! 증인들!"

이번에 방해를 위해 나온 사람들.

그들은 송가연이 학교 폭력의 가해자가 아니라고 증언한 게 아니다. 송가연이 학교 폭력의 피해자라고 증언했다.

"그 두 개의 의미는 전혀 다르지요."

가해자가 아니라고만 하면 학교 폭력과는 무관한 일반 학생이었을 수도 있지만, 피해자라면 가해자라는 존재가 있을 수밖에 없다.

"그 사람들은 그 가해자를 알 수밖에 없지요."

논리적으로 학교 폭력의 피해자는 아는데 가해자는 모른다는 건 있을 수 없는 일이니까.

"그리고 우리에게는 그 가해자 패거리의 연락처가 있지요."

노형진은 탁자를 두들기며 말했다.

"과연 그들 중 누가 마지막 기회를 잡을지 궁금하군요, 후후후."

⚖

하영지는 엄마와 함께 대룡엔터테인먼트에 와 있었다.

노형진은 증인들의 의견을 이미 들었기에 그들 패거리 중에 그나마 갱생의 여지가 있는 사람, 그러니까 범죄에 관여한 정도도 낮고 최소한의 미안함을 보인 사람에게 가장 먼저 연락을 했다.

그게 바로 하영지였다.

물론 사정을 모르던 하영지의 엄마는 반쯤 혼이 나가 있었다.

"하영지 양과 그 일행이 송가연 양의 가해자입니다."

"제…… 제 딸이요? 그럴 리 없어요! 진짜예요! 제 딸이 그럴 리가……!"

"이미 증인은 확보해 놨습니다. 필요하면 그분들이 경찰에서 진술을 해 주실 겁니다."

"영지야, 아니지? 그럴 리 없지?"

하영지의 엄마는 반쯤 영혼이 나가 있었다.

그럴 수밖에 없다.

방송에서 이번 사건을 얼마나 대서특필했던가.

경찰에서 그 진범을 잡기 위해 수사 중이라는 것도 알고 있다.

그런데 그 사건의 가해자로 밝혀진 것이 자신의 딸이라니.

"아니, 그럴 리 없어요. 내 딸이 얼마나 착한데."

"현실 부정은 바깥에 나가서 하시지요."

"네?"

반쯤 정신이 나간 그녀에게 노형진은 차가운 말을 했다.

"이제 하영지 양은 성인입니다. 당연히 법률적 책임은 본인이 져야지요."

"그게 무슨 말이에요! 난 영지 엄마예요!"

"엄마라고 해도 성인의 법률적 대리를 하기 위해서는 당연히 위임장을 받아야 합니다."

물론 그건 완전히 원론적인 이야기일 뿐이다.

현실적으로 대학생들은 대부분 부모님이 법적인 책임을 진다.

"그러니까 나가 주시지요."

"그럴 수는 없어요!"

"그러면 합의는 없습니다."

"하…… 합의가 없다고요?"

"지금 이 상황이 이해가 가지 않으시나요?"

노형진은 살벌하게 웃었다.

그 웃음은 마치 악마의 그것과 같아서, 그 모습을 보고 있던 하영지와 엄마는 전신에 소름이 돋는 것을 느꼈다.

"따님은 3년간 송가연 양을 괴롭혔습니다. 그게 전 국민에게 드러났지요. 충분히 아실 거라 생각하지만, 송가연 양은 현재 한국에서 톱클래스의 가수입니다. 만일 우연히라도 하영지 씨의 신상이 외부에 드러나게 된다면 무슨 일이 벌어질까요?"

아마도 그녀의 인생은 박살이 날 것이다.

그녀의 신상은 순식간에 털릴 테고 그 이후에 그녀의 사진은 전국으로 돌 것이다.

당연히 취업도 결혼도 다 불가능하게 될 것이다.

"물론 그건 송가연 양에 대한 폭행과 갈취 등의 범죄로 인해 교도소에서 나온 이후의 문제이기는 하지만요."

"어…… 엄마, 엄마. 나 미안해. 제발 나 좀 도와줘. 엄마…… 엄마!"

하영지는 정신이 아득해졌다.

어려서의 치기 어린 행동이 자신의 인생을 망가트릴 거라고는 생각도 못 했으니까.

"이게 싫다면 정식으로 변호사를 선임해서 대응하시면 됩니다. 그러면 감옥에는 가지 않는 정도로 어떻게 할 수도 있을 겁니다. 적당히 집행유예로 끝날 수도 있고요."

하지만 그게 문제가 아니라는 걸 노형진은 알고 있었다.

"하지만 신상이 털리는 건 피할 수 없겠지요."

하영지의 엄마는 손이 벌벌 떨렸다.

"다…… 당장 가서 변호사를 사겠어요!"

"그러세요. 그러면 협상은 여기까지군요."

"뭐요?"

"변호사를 사신다는 것 자체가 법적으로 해결하겠다는 거아닌가요? 그러면 저희는 다른 방법이 없지요. 법적으로 하신다는데 저희가 합의를 강요하지는 못하니까요."

"우리보고 어쩌라는 거예요!"

법대로 하자니 무섭고 안 하자니 딸의 미래가 걱정이다.

누군가에게는 잔혹한 범죄자일지도 모른다. 하지만 자신에게는 소중한 딸이다.

"물론 그 소중한 딸이 다른 사람의 소중한 딸을 괴롭힌 건아셔야겠지만요."

하영지는 반쯤 영혼이 나갔다.

집에서 연락을 받고 다급하게 돌아왔더니 자신의 인생이박살이 나고 있었다.

"더 하실 말씀은 없나요?"

"아…… 아저씨, 잘못했어요. 다시는 안 그럴게요. 제가 멍청했어요. 다시는 안 그럴 테니 한 번만 봐주세요."

두 손을 싹싹 비비는 하영지.

그녀가 반쯤 영혼이 나간 것을 안 노형진은 모녀에게 악마의 손길을 내밀었다.

"물론 저희를 도와주신다면 고소에서는 빼 드릴 수 있습니다."

"도…… 도와요?"

"이번 사건, 그러니까 말도 안 되는 허위 사실 유포. 하영지 씨와 친구들이 한 거 맞지요?"

"그건…….."

하영지는 입을 다물었다.

이미 정경애에게서 수십 번이나 들었다.

이게 새어 나가면 자신들은 망한다고, 그러니 절대로 어디에서도 이 이야기는 해서는 안 된다고.

"하시기 싫다면…….."

노형진은 어깨를 으쓱했다.

"다음 타자에게 타순이 돌아갈 수밖에요."

"다…… 다음 타자라니요?"

"같이 괴롭힌 사람들이 네 명이라고 하더군요."

노형진은 덜덜 떨고 있는 하영지를 바라보았다.

"그들 중 누구 한 명은 배신하고 모든 걸 증언하지 않겠어요? 아! 하영지 씨는 안 한다고 하셨으니 이제 남은 건 세 명이군요."

"그건……."

"하영지 씨가 친구를 얼마나 믿는지 시험할 수 있는 기회입니다. 다음 분이 사실을 진술하면 하영지 씨는 주범으로 처벌받을 수밖에 없는 거 아시죠?"

"그건……."

"이 경우는 보복 범죄로 볼 수도 있기 때문에 가중처벌 될 겁니다."

하영지는 눈을 질끈 감았다.

"기회는 한 번뿐입니다. 그걸 잡느냐 마느냐는 어디까지나 하영지 씨에게 달렸지요."

⚖

"하영지는 배신을 할 겁니다."

노형진은 박상규에게 당당하게 말했다.

"학교 폭력범들에게 의리란 없으니까요."

의리가 문제가 아니다.

자신의 인생이 걸렸고 누군가 한 명에게만 기회가 생긴다면 그걸 먼저 잡으려고 하는 게 인간이다.

"만일 거절하면요?"

"다른 세 명이 있지요. 그리고 그걸 하영지는 알고 있고요."

그리고 그들 중 누가 배신할지 예상할 수는 없다.

"하지만 그 셋 중 정경애는 확실하게 배신할 거라고 생각할 겁니다."

"어째서요?"

"주범이니까요."

이야기를 대충 조합해 보면 정경애가 일종의 여왕벌이었다.

그런 그녀의 성향을 보면 이번 일을 꾸민 것도 그녀일 가능성이 아주 높다.

"즉, 수사가 제대로 진행되면 그녀의 처벌이 제일 강해진다는 거지요. 애초에 처벌이 무서워서 이번 일을 조작한 정경애입니다. 그런데 처벌을 받지 않을 수 있다면, 그녀가 과연 배신을 하지 않을까요?"

그럴 리 없다.

그런 놈들의 성향은 뻔하니까.

"그리고 그 자리에서는 마치 아무런 상관도 없는 것처럼 몰아붙였지만, 어머니가 같이 왔지요. 그렇다면 뻔합니다. 팔은 안으로 굽기 마련이지요."

당연히 그녀의 어미는 어떻게 해서든 하영지를 설득해서 사실을 말하라고 할 것이다.

결론만 보면, 하영지가 어지간한 독종이 아닌 이상에야 부모의 말과 새론의 협박을 이겨 내고 다른 패거리에게 믿음을 가지고 입을 다물 가능성은 낮다.

"그리고 그런 사람이라면 저희한테 봐 달라고도 하지 않았겠지요."

살려 달라고 빌던 하영지. 그런 스타일은 외부에 끌려다니는 타입이다.

"결국 그녀는 그들을 배신하기 위해 증언하게 될 겁니다. 지금 범인이 특정되지 않은 상황에서 그녀가 먼저 이야기를 꺼내면 자수라는 형태가 되거든요."

그 말은 처벌이 약해진다는 소리다. 그런데 노형진은 먼저 고발하면 민사소송도 하지 않겠다고 했다.

"형사소송에서 자수는 상당한 감형 사유지요."

더군다나 어린 시절의 범죄는 감형해 주는 한국 특유의 학생 우대 방식, 거기에다 피해자인 송가연과 합의가 이루어졌다는 점을 감안하면 그녀는 집행유예가 나올 가능성이 높다.

"그러면 형사적인 처벌의 부담도 약해지지요."

다른 가해자들이 하영지의 신상을 떠든다고 해도 언론에서 합의가 된 그녀의 신상을 깔 가능성은 낮다.

"물론 그들이 인터넷에 하영지의 신상을 깐다면 그것까지 막을 수는 없습니다."

하지만 그건 하영지와 가해자들의 문제이지 자신과의 문제가 아니다.

"현재 우리의 가장 큰 문제는 가해자들을 특정하기 애매하다는 거지요."

하지만 그들을 특정한다면? 그들 중 일부가 자수한다면?

"이야기는 달라지지요."

노형진은 눈을 반짝였다.

"그리고 과거의 범죄에 대한 처벌도 가중처벌로 돌아섭니다."

과거의 학교 폭력? 일단 오래전 문제이고 학생이라는 실드로 보호받을 수 있다.

하지만 그들은 그걸 감추기 위해 허위 사실을 유포하려고 했고 조직적으로 범죄를 저질렀다.

"그런 경우 범죄는 가중처벌 됩니다."

노형진은 박상규를 보면서 웃었다.

"과연 나머지 세 명은 어떻게 해야 할까요?"

⚖

노형진의 예상대로였다.

하영지의 어머니는 그녀를 설득하는 데 성공했다.

하영지는 자신과 패거리의 범죄를 인터넷에 공개했다.

안녕하세요. 저는 송가연에 대한 허위 사실을 유포한 당사자입니다. 송가연 씨와는 합의했고 용서받았지만, 양심의 가책을 느껴서 이렇게 글을 씁니다.

그렇게 시작된 글.
물론 이 글은 노형진이 써 준 것이었다.

　저는 송가희 씨를 괴롭히던 일진 중 한 명이었습니다…….

　그 글에는 과거 학창 시절에 있었던 일들, 그로 인해 벌어
진 사건들, 그리고 최근에 정경애가 다른 가해자들을 설득하
여 이번 사건을 벌이게 된 정황까지 모두 정리되어 있었다.

　저는 처벌이 두려워서 이런 일을 했습니다. 그러나 해서는 안 되
는 일이었습니다.
　그래서 사과를 위해 송가연 씨에게 연락을 했고, 자수를 조건으
로 용서받았습니다. 저는 이 글을 끝으로 자수하러 갑니다.
　제가 저지른 모든 일에 대해 반성하고 처벌받겠습니다. 물의를
일으켜서 정말 죄송합니다.

　그녀의 글이 올라오자 당연하게도 인터넷은 난리가 났다.
　그녀가 거짓말을 한다는 말부터 거봐라, 진실이 이기지 않
느냐는 말, 심지어 송가연이 사건을 덮기 위해 가짜 글을 올
렸다는 말까지 참으로 말이 많았다.
　"하지만 경찰에 자수한 사람이 있다고 하면 상황은 달라지
지요."

하영지는 노형진의 말에 따라 자수했다.

그러면 인터넷에 있던 글은 확실하게 신빙성을 얻게 된다.

"그리고 그나마 남아 있던 학폭설도 사라지게 되는 거지요."

웃긴 일이지만 사람들 중 일부는 절대 진실을 믿지 않는다.

물론 의심스러운 상황이라면 이해하겠는데, 그들은 관련 증거나 증인을 모두 조작이라고, 자신의 말이 맞다고만 외쳐 댄다.

"하긴 그건 그러네요."

그들에게는 과학자들이 수십 년간 연구한 결과나 전문 학자들의 논문은 중요하지 않다.

그저 자신이 믿는 게 진리이며 정답이다.

"그런 놈들은 이제 미친놈 취급받을 겁니다. 그리고 그들에게도 허위 사실 유포에 대한 명예훼손을 걸 수가 있게 된 거고요."

노형진의 말에 박상규는 혀를 내둘렀다.

"그러면 이제 남은 건 정경애에 대한 자료뿐이군요."

"그렇지요."

노형진은 씩 웃었다.

"그리고 우리는 정경애에게 송가연 씨가 당한 그대로 돌려줄 수 있지요."

⚖️

정경애는 당황스러웠다.

"미안한데 당분간은 좀 쉬어야겠다."

"교수님? 제가 뭘 잘못했다고요?"

"지금 그걸 말이라고 하는 거니? 지금 학교가 난리가 났어."

노형진은 하영지를 제외한 세 명의 신상을 인터넷에 공개했다.

물론 정경애가 했던 방식 그대로 했다.

전혀 연관이 없는 전남의 한 도시에서 사람을 시켜서 얼굴을 가리고 익명의 사이트를 통해 정보를 뿌린 것이다.

그렇잖아도 이번 사건에 관심이 많았던 사람들은 그 정보를 무서울 정도로 퍼트리기 시작했고, 가해자인 세 명은 순식간에 신상이 털렸다.

"아니, 제가 안 그랬어요!"

"그건 징계위에서 확인할 거다."

"지…… 징계위라니요!"

"네가 한 짓에 대해 증인도 있어. 그런데 안 했다는 말만으로 그냥 넘어갈 수 있을 거라 생각하는 거니?"

"아, 저기…… 그건……."

정경애는 정신이 아득해졌다.

"학교 폭력 증인만 백 명이 넘는다. 그런데 이제 와서 안 했다고 말하면 된다고 생각하는 거냐?"

교수는 기가 막혀서 말이 안 나왔다.

그럴 수밖에 없다.

"넌 그런 정신으로 경찰이 되겠다고 여기에 온 거야?"

그녀가 다니는 학과는 다름 아닌 경찰학과.

그러니까 그녀는 경찰이 되기 위해 대학에 온 것이다.

"졸지에 우리 학교와 우리 학과는 범죄자 양성 학과가 되어 버렸다."

"교수님…… 그건 어려서 치기 어린 마음에……."

그녀는 과거부터 먹혔던 변명을 꺼냈다.

이 변명이면 지금까지 모든 죄가 용서되었다.

하지만 이제는 아니라는 걸 그녀는 몰랐다.

"어려서? 너 지금 성인이다. 어려서라는 말은 안 통해. 그런데 어려서? 최소한의 양심은 있을 줄 알았더니만."

교수는 혀를 끌끌 찼다.

그래도 최소한 자기 학생이라고 보호는 하려고 했다.

잘못했다고 말 한마디만 하면 최소한 퇴학은 면하게 해 주려고 생각하고 있었다.

하지만 변명만 늘어놓는 그녀를 보면서 교수는 마음을 굳혔다.

"집으로 가거라. 집에서 징계위의 결정을 기다려."

"교수님…… 제발…… 제발……."

"일 두 번 하기 싫으면 짐 싸서 가는 걸 추천한다."

결국 쫓겨날 거라는 말이었다.

정경애는 빌고 또 빌었지만 방법이 없었다.

교수에게 쫓기다시피 나온 그녀는 자신에게 카메라를 들이대는 사람들을 보고 입술을 깨물었다.

"저 애가 그 가해자라며?"

"뻔뻔해도 유분수지."

"와, 진짜 어떻게 낯짝을 들고 다니냐?"

사람들의 소곤거림이 어느 때보다 크게 들렸고, 그녀는 고개를 숙이고 학교에서 나오는 수밖에 없었다.

"결국 퇴학당했다고 하더군요."

정경애뿐만 아니라 나머지 두 명도 퇴학을 당했다.

하영지는 퇴학은 안 당했지만 차마 자신이 없다며 자퇴해 버렸다.

"나름 해피엔딩이군요."

박상규는 고개를 끄덕거리며 말했다.

송가연은 다행히 보호받았고, 가해자들은 스스로 무덤을 파고 들어가 버렸다.

"타초경사의 우를 범한 셈이지요."

송가연의 말에 따르면 그녀는 그들을 고발할 생각이 없었다고 했다. 그저 다시는 보고 싶지 않았다고 말이다.

그런데 그들은 지레 겁을 먹고 가만히 있는 송가연을 건드

림으로써 결국 자신들의 인생을 스스로 망친 것이다.

"이번 사건으로 인해 우리 회사 내부에서도 여러 가지 말이 많습니다. 연습생이 한두 명이 아닌데 다 관리하려니 답이 안 보이네요."

"가장 좋은 건 친구들을 통제하는 겁니다."

"친구들을 통제한다고요?"

박상규는 고개를 갸웃했다.

"만나지 못하게 하라는 겁니까?"

"아니요. 반대입니다. 끼리끼리 모인다는 말이 있지요."

지금까지 엔터테인먼트 회사들은 상품 가치가 있는 당사자만을 바라봤지, 그 친구들에 대해 확인한 적이 없다.

"인간은 누구나 흔적을 남깁니다. 요즘 왜 대기업들이 SNS 주소를 받는지 생각해 보세요."

"아아."

요즘 시대에는 거의 대부분의 일상을 SNS에 올린다.

그것만 봐도 그 사람에 대해 알아낼 수 있을 정도다.

"물론 SNS는 조작할 수 있지요. 삭제할 수도 있고. 하지만 친구는 조작하지 못합니다."

친한 친구의 전화번호? 그것만으로는 아무 증거가 되지 않는다.

하지만 학교를 졸업한 이상, 그들이 학교에서 한 행동을 기억하는 사람이 있기 마련이다.

"그들을 통해 진실을 추적하면 인성도 감출 수가 없지요."

"그 부분을 진지하게 감안해 봐야겠습니다."

박상규는 긴 한숨을 내쉬었다.

그걸 확보해 두면 나중에라도 쓸 일이 많을 것 같았다. 진짜로 일진설 없이 넘어가는 연예인은 없다고 봐야 하니까.

"덕분에 새로운 방법을 찾았네요."

"별말씀을요."

노형진은 눈을 반짝였다.

"제가 할 일을 한 것뿐이니까요. 그리고 전 제 '주식'을 지킨 것뿐입니다."

노형진은 웃으며 말했고 박상규는 머쓱하게 머리를 긁을 수밖에 없었다.

미친놈이기는 한데

　노형진은 시계를 힐끔 보았다.

　그리고 옆에 있던 고연미 역시 짜증스럽다는 듯 시계를 바라보았다.

　"나올까요?"

　"모르지요. 그건 알 수 없는 일입니다."

　"그런데 편지가 왔다고는 하지만 이게 진짜 맞는 걸까요?"

　고연미 변호사는 주변을 바라보면서 툴툴거렸다.

　그럴 수밖에 없는 게, 그들이 있는 곳은 결코 편한 곳이 아니었기 때문이다.

　정신병원. 그것도 환자를 감금하는 형태의 정신병원이다.

　그 면회실에서 그들은 무려 여덟 시간째 기다리고 있었다.

당연하게도 그사이에 점심도 못 먹었고 일도 못 했다.

"이건 말도 안 되는 일인 것 같은데."

"저도 그렇게 생각합니다. 하지만 사건 자체가 좀 신기하기는 하지 않습니까?"

"그건 그렇지요. 만일 그 편지에 쓰여 있던 말이 사실이라면 아마 역사상 처음 있는 일일 테니까요."

"물론 경찰은 그 기회를 발로 차 버렸지만요."

노형진은 어깨를 으쓱하면서 말했다.

"그나저나 면회 시간도 끝나 가는데."

고연미는 창밖을 보면서 걱정스럽게 말했다.

이제 해가 지려고 하고 있다.

한 해의 마지막 날이 얼마 남지 않은 이 시기의 해는 무척이나 짧았기에 해가 떨어지는 이 무렵에는 면회도 거의 끝날 시간이었다.

"오늘은 아무래도 날이 아닌 것 같군요. 나중에 다시 와야 할 것 같습니다."

노형진 역시 어쩔 수 없다는 듯 어깨를 으쓱하면서 자리에서 일어났다.

그런데 그 순간 문이 열리면서 구속복을 입고 있는 여자가 안으로 들어왔다.

"노형진 변호사인가요?"

구속복을 입고 있는 여자는 살포시 웃었다.

그 미소만 보면 절대 미친놈으로 보이지 않았다.

"노형진 변호사입니다. 이쪽은 고연미 변호사이고요. 저희 쪽에 편지를 보내셨지요? 정혜원 씨 맞으십니까?"

"일단은 맞습니다. 앉아서 이야기할까요? 간호사, 저를 고정시켜 주시겠어요?"

정혜원은 아주 멀쩡하게 부탁했고 간호사는 고개를 끄덕거리면서 그녀를 면회실에 있는 고정 장치에 고정시켰다.

"이러한 모습을 보여 드려서 죄송합니다, 상황이 상황이다 보니."

"괜찮습니다."

노형진은 그렇게 말하면서 여자를 살펴보았다.

긴 머리에, 30대 정도 되어 보이는 나이.

그녀의 눈에는 총기가 가득해 사람들이 생각하는 미친 사람과는 거리가 있어 보였다.

"강제로 입원한 게 아니라 자발적으로 입원한 거라고 들었습니다. 그런데 제보할 사건이 있는데 정신병자라는 이유로 경찰과 검찰에서는 조사도 하지 않는다고요?"

"네, 그래서 새론에 편지를 보냈습니다. 저는 새론에서 이런 사건을 해결하는 데 관심을 가지고 있다고 알고 있어서요."

"그건 어떻게 아신 겁니까?"

"신문은 위험물로 분류되지 않습니다."

정혜원은 느긋하게 의자에 기대앉았다.

그 모습을 보면 마치 커피숍에 와서 느긋하게 대화하는 것 처럼 느껴졌다.

"일단 정혜원 씨가 지금 정신병원에 입원해 있다는 사실을 편지에서 밝히기는 했지만 현 상황이 이해가 가지 않습니다."

정신병원에 자발적으로 입원할 정도면 아주 심각한 정신 병을 가지고 있다는 소리다.

그리고 그걸 스스로 인식하고 있다는 소리이기도 하고.

"보통 미친놈들은 자기가 미쳤다고 하지 않지요."

"그렇지요."

그런데 정혜원은 스스로 정신병원으로 들어왔다.

"제 눈에는 멀쩡해 보이시는데요."

"제가 병명을 밝히지 않은 점은 양해해 주십시오. 선입견 을 가지시면 만나러 오지 않을 거라 생각했습니다."

"선입견이라……. 편지에는 납치 사건에 관해서 진술하신 다고 하셨는데요. 거기에 선입견이 들어갈 부분이 있나요?"

"일단 저는 정상이 아니니까요."

정혜원은 거기까지 말하고 잠깐 심호흡을 했다.

그리고 노형진과 고연미를 바라보았다.

"저는 다중 인격자입니다."

"다중 인격자요?"

"그렇습니다. 제 안에는 총 다섯 개의 인격이 있지요."

정혜원의 말에 노형진은 깜짝 놀랐다.

다섯 개의 인격이나 나오는 다중 인격자는 흔하지 않다.

아주 중증인 셈이다.

"혹시……?"

"제가 오리지널이냐고요? 아니요."

그녀는 고개를 흔들었다.

"외부에서 오리지널이라고 하는 대상, 그러니까 발병 전의 원래 인격은 장소희입니다. 10대 초반에 발병했고 20대 초반에 확진받았습니다. 지금 이 육체는 스물아홉 살입니다. 저는 정혜원. 인식으로 보자면 30대 초반의 변호사입니다."

"인식요?"

고연미는 이상하다는 듯 물었다.

인식이라는 개념이 이해가 가지 않았으니까.

"다중 인격은 외부의 육체 상태와 상관없는 정신적 상황을 가집니다. 겉으로 보이는 나이가 아니라 내부에서 그 정신이 인식하는 나이로 움직이는 거지요. 그래서 과거에는 귀신이 들렸다는 얘기를 듣기도 했지요."

어깨를 으쓱하는 정혜원.

"저도 처음에는 몰랐어요. 하지만 정신병원에서 상담을 받으면서 제 상황을 정확하게 진단받았지요."

웃으며 말하는 정혜원을 보면서 노형진은 왠지 신기했다.

"극도로 이성적인 타입이시네요. 보통은 그걸 인식하지 못하는데요?"

"그래서 변호사라고 저를 인식하고 있을지도 모르지요. 중요한 건 저는 그렇게 인식했고, 그 인식을 바꿀 생각은 없다는 겁니다. 아니, 애초에 바꿀 방법이 있을지도 모르겠고요."

하긴 다중 인격은 치료제가 없다고 알려져 있다.

랜덤하게 나타나는 성격이 어떤 이유에서 나오는지도 전혀 감을 잡지 못하는 게 다중 인격이다.

"그래서 뉴스나 사건 사고에 또는 법률 쪽에 관심이 많아서 제가 표면에 드러났을 때는 그런 쪽을 많이 봅니다. 그래서 새론에 대해서도 알고 있지요."

"공부를 많이 하셨나 보군요."

"웃긴 일이지만 인식하는 순간 능력도 달라집니다."

농담이 아니다.

원래 몸의 주인인 장소희는 평범한 아가씨였다.

딱히 공부를 잘한 것도 아니고 대학도 지방대를 나왔다.

"하지만 전 한국대를 나왔다고 인식하고 있었고 그에 걸맞은 능력을 가지고 있었습니다. 법률 공부는 제법 재미있더군요."

"신기한 일이기는 합니다만……."

노형진은 정혜원을 뚫어지게 바라보았다.

"모든 다중 인격자가 정신병원에 스스로 오는 건 아니지요."

"역시 날카로우시네요. 스스로 입원할 정도의 정신병자는 사실 많지 않지요."

정혜원은 어깨를 으쓱하며 말했다.

"제 인격 중에 조종구라는 인격이 있습니다. 나이는 48세. 남성이지요."

"그런데요?"

"그 사람은 반사회적인 성향이 강합니다. 정확하게 말하면 아버지에 대한 원한이 강합니다. 그는 장소희의 아버지인 장팔수를 죽이려고 했습니다."

"으음."

노형진은 눈을 찌푸렸다.

그녀가 하는 말이 장난으로는 들리지 않았으니까.

기본적으로 다중 인격의 목적은 본체의 보호다.

그중 일부는 실제로 자신에게 위협이 되는 사람을 죽이기도 한다.

"위험하군요."

"아주 위험합니다. 저는 만나 보지 못했습니다만, 정신과 의사의 판단에 따르면 조종구는 아주 위험한 인격입니다. 단순히 원한만 가지고 있는 정도가 아니라 살인도 불사할 수 있다는 것이 드러났지요."

그녀는 느긋하게 말했다.

"그리고 이 몸은 여성입니다. 지금은 장팔수가 목적이지만, 상황에 따라서는 다른 남성이 표적이 될 수도 있습니다. 장소희에게 위험하다고 판단하면 제멋대로 죽여 버릴 겁니다."

"소름이 돋네요."

옆에서 듣고 있던 고연미는 자신도 모르게 부르르 떨었다.

만일 위협이 된다고 판단한 대상이 남자라면 여자의 몸을 이용해서 꼬시는 건 어려운 일이 아니다.

여자가 살살 꼬셔서 잠자리를 가지려고 한다면 대부분의 남자들은 넘어올 테니까.

그리고 그를 조용히 죽이는 것도 일도 아닐 테고 말이다.

"그래서 제가 여기에 온 겁니다. 장팔수야 저 역시 원한을 가지고 있지만, 장소희가 살인까지 하게 되는 것은 원하지 않으니까요. 물론 정신이상으로 인한 살인이니 처벌 자체는 면하게 되겠지만, 그렇다고 해서 장소희의 인격 자체도 타격을 입지 않는 건 아니니까요. 장소희라는 인격은 마음이 약해서요."

"그렇군요."

노형진은 고개를 끄덕거리며 말했다.

하지만 여전히 이해가 가지 않는 부분이 있었다.

"그러면 그 전에는 그 조종구라는 인격에 문제가 있다는 걸 몰랐던 건가요?"

"조종구는 일반적인 남성 인격으로 행동했습니다. 우리도 몰랐지요. 살인을 하기 위해 미리 준비한 걸 제가 발견하지 못했다면 아마 진짜 살인이 벌어지기 전까지 몰랐을 겁니다. 그의 진짜 성격은 입원 후에 받은 정밀 검사에서 나왔습니다."

"위험할 뻔했군요."

"네. 계획을 살펴보니 꼬셔서 조용한 곳에서 살인할 계획이었더군요. 제압하기 위해 페퍼 스프레이까지 준비해 놨어요."

경찰들은 그런 사건이 터지면 일단 그녀가 범인이라고 생각할 것이다.

그러면 장소희는 진짜 빼도 박도 못 하고 살인범이 된다.

"그나마 다행인 건 다른 인격들은 다 여성형이라 그 살인 자체에 반대하고 있다는 겁니다. 물론 미운 건 마찬가지이지만요."

"다른 인격들이 모두 여성형이라고요?"

"네, 10대 아이가 한 명, 8세 아이가 한 명, 원래 인격인 장소희, 저, 그리고 조종구 총 다섯 개의 인격이 있습니다. 그래서 제가 면회에도 늦게 나온 겁니다. 언제 나올지 모르니까요."

"으음."

노형진은 대충 정혜원의 상황이 이해가 갔다.

"그런데 그럼 저희에게 의뢰하면서 하신 얘기가 말이 안 되는데요. 부친인 장팔수 씨의 아동 납치를 봤다고 하셨지요?"

"네."

"그건 어떻게 아신 겁니까? 정혜원 씨가 보신 건가요?"

"애석하게도 그렇지 않아서 문제입니다. 제가 봤으면 논리적으로 상황에 맞게 설명할 수 있었겠지요."

정혜원이 긴 한숨을 쉬며 다시 입을 열었다. 그러자 노형진은 머리가 아파 왔다.

"그걸 본 건 조종구입니다."

"네? 조종구요?"

"네. 조종구 그 녀석이 납치 장면을 본 것으로 의심하고 있습니다."

"그게 무슨 말입니까? 설마 기억을 공유하는 게 가능한가요?"

지금까지 알려진 상식에 따르면 다중 인격의 경우는 현실에서 겪은 모든 정보를 공유하지 않는다.

쉽게 말해서 몸을 공유할 뿐 다 개별적인 사람인 것이다.

"아니요. 아까도 말씀드렸다시피 기억을 공유했다면 제가 설명하고 있지 이렇게 복잡하게 하지 않지요."

"그러면?"

"일기장이 있습니다."

"일기장?"

"네. 각자 인격이 다르니까 다 같이 사회에 적응하는 방식이었지요. 물론 조종구는 협조적인 타입은 아니었습니다만. 애초에 조종구라는 인격은 생성된 지 얼마 되지 않았습니다. 대부분의 경우 억눌려 있는 상황이었고요."

확진이 20대였다.

그리고 입원한 지는 얼마 되지 않았다.

그 말은 그 10년간 사회생활을 못 해서 집에서만 활동했다는 뜻이다.

"그런데 어째서 조종구가?"

"의사 말로는 아버지가 출소 후 찾아온 게 이유가 되었을 거라고 하더군요."

"아버지?"

"그건 제가 더 이상 생각하고 싶지 않네요, 심리학적으로 저한테 좋은 건 아니니."

어깨를 으쓱하는 정혜원.

"어찌 되었건 조종구는 장팔수의 살인을 목적으로 태어난 인격입니다. 그리고 위험한 수위까지 행동을 했지요. 다행히 직접적인 범죄를 저지르기 전에 제가 브레이크를 걸었지만요."

"그런데 납치는 어떻게 안 겁니까?"

"조종구가 일기에 썼습니다. 그가 장팔수를 노리고 따라다니던 중에 장팔수와 같은 일행이 아이를 태우고 갔다고요."

"부모가 태우고 갔을 수도 있지 않습니까?"

"그건 아닙니다. 조종구가 납치라는 말을 명확하게 언급했으니까요. 아무리 조종구가 범죄자 성향의 인격이라고 해도 그런 것까지 구분하지 못하지는 않습니다. 그리고 장팔수의 성향을 생각하면 납치에 대한 의심을 완전히 배제할 수도 없고요."

노형진은 입을 다물었다.

그리고 머릿속에서 계속 가능성을 따지기 시작했다.

'조종구라는 인격. 그리고 범죄 직전까지 준비된 상황. 그

렇다면 어쩌면 가능할지도 몰라.'

무기까지 준비해 두고 장팔수를 따라다닌 거라면 정혜원이 말한 것처럼 위험한 상황이다.

기회를 보면서 따라다니다가, 조종구는 눈앞에서 아이가 납치당하는 걸 봤다.

조종구의 성격상 그걸 신고하지는 않았을 것이다.

장팔수가 잡혀가면 그가 죽이지 못하게 되니까.

그러나 때마침 조종구의 인격이 위험하다는 걸 안 정혜원의 인격이 가족들에게 연락하여 동의를 받아 자발적으로 정신병원에 들어온다.

"아주 개판이 된 거지요."

정혜원은 미소를 지으며 말했다.

"중요한 건, 우리가 가진 정보는 그것뿐이라는 겁니다."

"납치를 본 조종구가 협조를 안 해 주던가요?"

"해 줄 리 없지요. 말했듯이 조종구는 반사회적 성향이 무척이나 강합니다. 남의 말을 듣지를 않아요. 그가 태어난 목적은 오로지 단 하나, 장팔수를 죽이는 겁니다. 한데 우리 때문에 실패했으니 좋게 생각할 수가 없지요."

"흠……."

노형진은 턱을 문질렀다.

이건 확실히 심각한 문제다. 정혜원의 말이 맞는다면 미성년자 납치 사건이 벌어진 것이니까.

"제가 할 수 있는 건 여기까지입니다. 애석하게도 제가 어떻게 할 수가……."

말을 하던 정혜원은 움찔했다.

노형진은 고개를 갸웃하면서 그녀를 불렀다.

"정혜원 씨?"

그러나 방금 전까지만 해도 총명한 빛이 엿보이던 정혜원의 눈에는 공허만이 가득했다.

얼마간 노형진과 눈도 마주치지 못한 채 허공을 헤매고 있던 정혜원은, 이윽고 노형진에게로 시선을 향했다.

하지만 그녀의 입에서 나온 대답은 노형진을 당황시키기에 충분했다.

"아저씨는 누구예요?"

지나치게 어린 말투로 말하는 아이 같은 모습. 거기에 정혜원의 모습은 없었다.

⚖

"심각하냐고요? 아주 심각합니다."

노형진과 고연미는 정혜원, 아니 그 아이가 다시 병실로 간 이후에 담당 의사를 만났다.

"영화 같은 데서는 다중 인격, 정확하게는 해리성 정체감 장애라고 합니다만, 하여간 그걸 주제로 많이 쓰기는 하지만 실제로는 환자의 수가 많지 않아서요."

"알고 있습니다."

"어떻게 아십니까?"

"저도 과거에 한번 만나 봤습니다. 미국 전역에서도 공식적으로 인정된 건 이백쉰 명 정도라고 알고 있습니다."

"잘 아시네요. 세계적으로 흔한 질병은 아니지요."

그렇다 보니 연구도 제대로 안 되고 치료 방법은 당연히 없다.

"한국에는 지금 딱 두 명 있습니다. 장소희 씨는 그중 더 심한 케이스입니다."

"그러면 다른 한 명은 어디에 있는데요?"

고연미는 궁금한 듯 물었다.

그리고 이어지는 의사의 말에 그녀는 깜짝 놀랐다.

"집에 있습니다."

"네? 그거 위험한 거 아닌가요?"

"하하하, 영화 때문에 다들 그렇게 생각합니다만, 그건 아닙니다. 인격이 많다고 해서 다 위험한 건 아닙니다. 어떻게 보면 그냥 가족이 많다고 볼 수도 있는 거지요."

"네?"

"다른 환자는 세 명의 인격을 가지고 있습니다. 원래의 인격을 포함해서요. 그리고 세 명 다 위험한 인격은 아닙니다."

그래서 생활이 혼란스럽기는 하지만 누군가에게 해를 끼

칠 정도는 아니었다.

"하지만 정혜원, 아니 장소희 씨 말로는 조종구라는 인격이 위험하다고 하더군요."

"정혜원 씨가 그렇게 말했습니까?"

"네. 그런데 이거 헷갈리네요. 장소희 씨가 맞기는 한데."

서로 다른 이름에 고연미는 머리를 긁적거렸다.

"일단 현재는 정혜원 씨가 메인입니다. 장소희 씨 인격은 잘 안 나옵니다. 상처가 커서 그런지, 한 달에 세 번 정도……? 특히 남성이 같이 있으면 거의 안 나오지요."

"어째서요? 그러고 보니 조종구라는 존재는 새로 생겼다고 하던데 어째서 그런 건가요?"

"그 부분은 이야기해 주지 않았나 보군요."

의사는 씁쓸하게 미소 지으면서 노형진과 고연미에게 말했다.

"보통 다중 인격은 유년 시절에 받은 학대에서 발생합니다. 원래 인격, 그러니까 본체의 정신을 보호하기 위해 다른 인격이 분리되어 나타나는 거지요."

"그래요?"

고연미는 신기하다는 듯 되물었다.

노형진은 다 알고 있었지만 말을 막지는 않았다.

고연미도 알아야 사건을 진행하니까.

"네, 가령 메인 역할을 하면서 전반적으로 장소희의 안전을 보호하는 정혜원이라는 인격은 변호사이지요. 그녀가 과거에 받았던 아동 학대 사건에서 그녀를 보호한 게 딱 그 나이대의 여성 변호사였습니다."

"아하!"

즉, 자신을 지켜 준 사람을 본떠서 자신도 모르게 인격이 튀어나온 것이다.

"그러면 조종구는요?"

"그 녀석은…… 장소희 씨의 부친 때문에 나타났습니다."

"그게……?"

"장소희 씨는 부모에게, 정확하게는 아버지인 장팔수에게 성적인 학대를 받았습니다."

노형진은 눈을 찌푸렸다.

그건 그녀가 말하지 않았으니까.

아니, 그녀 스스로 이야기하고 싶지 않다고 선을 그었다.

그런 상황이라면 아무리 냉철한 이성을 가진 정혜원의 인격이라고 할지라도 이야기하고 싶지 않은 건 당연한 일이었을 것이다.

"그런데 우리나라 법이 참 개떡 같은 게, 강하게 처벌할 건 약하게 처벌하고 약하게 처벌할 건 강하게 처벌해요."

노형진은 원인을 바로 알아들었다.

"아버지가 출소해서 찾아온 게 조종구가 생겨난 원인이라고 말하긴 했습니다. 그렇다면……."

"네."

자신의 딸을 강간했던 가해자.

그는 출소 후 먹고살 방법이 막막해지자 자신을 책임지라면서 딸을 찾아왔다.

상식적으로 성범죄의 가해자에게 피해자의 연락처를 주면 안 되는데 경찰은 부모라는 이유로 쉽게 주소를 줬고, 갑자기 찾아온 그를 보고 장소희는 충격을 받았다는 것.

"그때까지는 장소희가 원래 인격이었고 정혜원이 보조하는 역할을 담당해 왔지요."

다른 인격은 거의 나오지 않았다고 한다.

"하지만 법으로 막은 줄 알았던 녀석이 다시 나타나자, 그녀 자신이 아는 가장 강한 사람의 형태로 인격이 튀어나온 겁니다. 법으로 보호하려고 했지만 그게 불가능해지자 물리적인 방법을 찾으려고 튀어나온 거지요."

"그게 바로 조종구군요."

"그렇게 생각하고 있습니다."

나이 40대 남성, 반사회적 폭력적 타입.

가해자였던 아버지의 모습이다.

힘으로 그녀를 억눌렀던 강력한 존재.

웃기게도 그가 등장하자 스스로를 지키기 위해 조종구라는 존재 역시 나타난 셈이다.

"물론 조종구가 살인까지 계획하고 있다는 건 나중에야 알았지만요."

의사는 안타깝다는 듯 말했다.

"어쩔 수가 없습니다. 애초에 다중 인격이라는 질병 자체가 거의 없는 병이니까요. 미국에서도 제대로 연구를 못하는데 한국이야 그것에 관해서는 완전히 불모지이지요."

"그랬나요?"

고연미는 안타깝다는 얼굴로 말했다.

"네, 다중 인격의 이론이 기본적으로 자기 보호니까요."

"그러면 그 조종구가 본 상황의 진실성은 어떻게 생각하십니까?"

의사는 잠깐 고민했다. 그리고 천천히 입을 열었다.

"저는 진실일 가능성이 아주 높다고 생각합니다."

"어째서요?"

"다중 인격은 정신착란이 아닙니다."

보는 걸 그대로 기억하고 일반적으로 살아갈 수 있는 질병이다, 다만 인격이 여럿일 뿐.

"정신착란이라면 헛것을 볼 수 있지요. 하지만 다중인격은 인격이 여럿일 뿐 그들이 헛것을 볼 가능성은 낮습니다."

"흠……."

"물론 조종구는 지금까지 나온 어떠한 인격보다 적대적이고 비협조적입니다. 하지만 그 기반에는 폭력성이 잠재되어 있지, 사기꾼적인 기질은 없습니다."

상대방을 엿을 먹이는 것이 목적이라면 그럴 수도 있지만 지금까지 보여 준 조종구의 모습은 비협조적이긴 하나 딱히 이쪽을 속이려고 하거나 하지는 않았다고 한다.

"그러면 이런 문제에 대해 물어본 적이 있나요?"

"몇 번이나요."

　하지만 능글거리면서 웃으며 자신은 모른다는 식으로 대꾸하는 것이 끝이었다고 한다.

　그때 옆에서 가만히 대화를 듣던 고연미가 불쑥 입을 열었다.

"취조를 하는 건 어때요? 우리 쪽에도 전문가들이 있잖아요."

　수사관에서 은퇴해서 일하는 사람들.

　그들은 취조에 능숙하다.

　하지만 노형진은 고개를 흔들었다.

"취조란 도망갈 공간이 없는 상황에서 이루어져야 합니다."

"네?"

"다중 인격이라는 것은 몸은 구속할 수 있지만 그 인격 자체는 완전히 자유롭습니다. 몸이 구속된 것쯤은 조종구에게 위협이 안 됩니다. 우리가 그 몸에 위협을 가하지 못하는 걸 알 테니까요."

"아……."

"아마도 우리가 취조하면 조종구의 인격은 숨어 버릴 가능성이 높습니다."

　그러면 이 사건을 추적하는 것은 불가능하게 된다.

표적이 누구였는지, 어디서 추적하고 따라다녔는지 알 방법이 없으니까.

"결과적으로 말하면 조종구가 칼자루를 쥐고 있는 겁니다."

"이런……."

노형진의 설명에 고연미는 아차 하는 얼굴이 되었다.

그건 생각도 못 했던 일이니까.

"결과적으로 말하면 현 상황에서 조종구를 압박할 방법은 없다고 봐도 무방합니다."

의사 역시 노형진의 말에 동의한다는 듯 말했다.

"그러면 어쩌지요? 우리가 할 수 있는 일이 없을까요?"

"글쎄요. 기억을 공유한다면 참 좋은데, 그게 불가능하니."

의사가 고개를 갸웃했다.

"아니, 불가능하지는 않습니다만?"

"네? 그게 무슨 말인가요? 보통 기억을 공유하지는 않지 않나요?"

노형진은 당황해서 물었다.

그는 불가능하다고 알고 있었으니까.

"완벽하게 기억을 공유하지는 않습니다. 다만 존재 자체는 인식하지요."

"인식한다고요?"

"네, 빌리 밀리건이라는 다중 인격자처럼요."

빌리 밀리건은 미국의 다중 인격자였다.

그는 무려 스물네 명의 인격을 가지고 있었다고 한다.

"서로가 기억을 공유하지는 않습니다. 하지만 인식은 하지요. 그러니까 공존이 가능하지요. 빌리 밀리건은 일종의 각방을 쓰는 가족 느낌이라고 표현했습니다만."

"가족요?"

"네, 정혜원이 일종의 리더라고 보시면 됩니다. 기본적으로 그녀가 상황을 통제합니다. 그래서 조종구가 나타나기 전에는 문제가 없었습니다. 혼란스럽지는 않았어요. 자신들이 다중 인격인 걸 알고 있으니까요. 여덟 살짜리 아이인 조규아만 빼고요."

"조규아?"

"막내입니다. 여덟 살로 표현됩니다만, 너무 어린 인격이라서 다중 인격의 개념도 없고요. 다만 가족이라고 인식은 하더군요."

"헐."

고연미는 눈을 크게 떴다. 설마 다중 인격이 그런 식으로 분류되는 줄은 몰랐으니까.

"다중 인격의 방식은 다양합니다. 애초에 그걸 조사할 방법조차도 없으니까요. 아예 존재 자체도 인식 못 하는 경우도 있지만 장소희 씨는 인식은 하는 모양이더군요. 그리고 정혜원 씨의 인격이 그들을 통제하고요."

"그러면 그 조종구는요?"

"정혜원의 통제를 잘 따르지 않는다고 표현하더군요. 정혜원 씨는 자신이 억누르려고 노력한다고 하지만요. 그래서 언제 튀어나올지 모르는 게 더 위험합니다. 나오는 순간 범죄자가 될 테니까요."

"끙…… 그건 또 그것대로 복잡하군요. 일단은 조종구를 만나 보는 게 제일 우선이겠네요."

"하지만 그러려면 여기서 주무셔야 할 텐데요?"

다중 인격이 언제 튀어나올지는 모를 일이다.

운이 좋으면 바로 나올 수도 있지만 아니라면 몇 달이 걸릴지 모른다.

"뭐, 방법이 없는 건 아닙니다."

노형진은 어깨를 으쓱했다.

"다른 인격은 모르지만 그 미친놈은 불러낼 수 있을 것 같습니다."

"어떻게요?"

"그가 강렬하게 원하는 걸 주면 되는 거지요, 후후후."

⚖

노형진은 이틀 후 다시 병원으로 왔다.

그리고 장소희는 다시 구속복을 입고 나왔다.

"아저씨가 그 변호사야?"

불량하게 의자에 기댄 채로 말하는 장소희.

그런데 그 어투가 과거의 정혜원과는 다르다.

"누구?"

"나? 차시라. 이야기, 아니 이야기라고 하기도 그러네. 편지로 봤으니까."

"편지?"

"그래, 그 뭐냐? 일기라고 해야 하나?"

"일기?"

노형진이 고개를 갸웃하자 옆에 있던 의사가 조용히 말했다.

"다중 인격은 현재로써는 치료가 불가능합니다. 가장 좋은 방법은 각 인격 간의 트러블을 줄이는 겁니다. 각 인격이 너무 다르면 자해나 범죄 등을 저지를 수도 있으니까요."

"그런가요?"

하긴 한번 사건을 하기는 했지만 그건 그가 회귀하기 전이었다.

다중 인격 살인범이었는데, 워낙 다중 인격 증상이 확실해서 변호 자체는 어렵지 않았지만 치료의 영역은 노형진의 책임이 아니어서 잘 알지 못했다.

"차시라는 고등학생 인격입니다. 좀…… 많이 불량하지요."

"어이, 의사 아저씨, 뒷담화는 작작 까지? 당사자 앞에 두고."

이죽거리는 차시라.

노형진은 왠지 묘한 이질감을 느꼈다.

며칠 전과 같은 사람인데 전혀 다른 인물이라니.

"그 조종구라는 사람, 만나 볼 수 있을까?"

"그게 가능하면 내가 여기에 잡혀 있겠어? 나도 그 미친놈 때문에 짜증 난다고. 치킨도 못 먹고 데이트도 못 하고."

툴툴거리는 차시라.

"소희는 남친이라도 있었는데 난 안 해 봤다고! 심지어 혜원이 그 아줌마도 해 봤는데!"

"뭐?"

노형진은 어벙해져서 차시라를 바라보았다.

"장소희 씨에게는 남친이 있었습니다. 뭐, 정혜원 씨와 다른 인격들이 인식하고 받아들였지요."

"의외군요. 다중 인격 장애를 이해해 주는 남자는 별로 없을 것 같은데요?"

노형진이 놀랍다는 듯 말하자 의사는 고개를 끄덕거렸다.

"보통은 그렇지요. 하지만 때때로 사랑은 상당히 많은 걸 가능하게 해 주더군요. 물론 과거에 그랬지만요."

"과거에? 그러면 지금은요?"

"조종구가 나타나면서 관계가 깨졌습니다. 관계 중에 깨어난 조종구가 칼로 찌르려고 했거든요. 어찌 되었건 조종구는 남자 인격이니, 남자와 함께 있는 게 좋을 리 없었겠지요."

그리고 그게 그녀가 정신병원 폐쇄 병동에 들어오기로 결심한 이유 중 하나였다.

장팔수가 아닌데도 불구하고 죽이려고 했다.

조종구는 너무나 위험한 인격이었다.

"이거 참…… 막장이네."

고연미는 이 상황이 이해가 가지 않는다는 듯 말했다.

하긴 타인이자 본인인 셈이니 이걸 바람피웠다고 봐야 할지 아니라고 해야 할지 애매하니까.

"그나저나 조종구에게 보여 줄 게 있다고 했다던데, 뭐예요?"

"음…… 이런 거요?"

노형진은 품에서 뭔가를 꺼내서 테이블에 던졌다.

그런데 그걸 가만히 들여다보던 차시라의 얼굴에 혐오의 빛이 확 올라오더니 갑자기 표정이 바뀌었다.

그리고 몸을 벌떡 일으켜서 다가오려고 했다.

하지만 노형진이 먼저 잽싸게 그걸 낚아챘다.

"빙고."

"내놔!"

으르렁거리면서 말하는 차시라.

아니, 그는 차시라가 아니었다.

"조종구냐?"

"그거 내놔."

"싫은데?"

노형진은 사진을 흔들며 말했다.

"헐, 미친."

노형진은 대꾸 없이 조종구를 빤히 보며 웃기만 할 뿐이었다.

사진 속에는 장팔수의 웃는 얼굴이 찍혀 있었다.

그리고 그 앞에는 장소희가 함께 있었다.

어린 시절에 찍은, 행복해 보이는 사진.

하지만 그 이면에서 느껴지는 더러운 욕망.

그게 조종구를 자극한 것이다.

"예상이 맞네요. 조종구라면 이런 가짜 사진을 용납할 리 없지요."

노형진은 웃으면서 사진을 품에 넣었다.

"내놔, 그거!"

"안 된다는 거 알 텐데? 몸부림쳐 봐야 그 구속복이 풀리지는 않을 테니까 헛힘 쓰지 말라고."

"이런 개 같은 새끼! 죽여 버리겠어."

으르렁거리는 조종구.

그리고 그걸 보면서 어이없어하는 의사와 고연미.

"이…… 이렇게 쉽게……."

"저 사람이 조종구?"

"앉지? 어차피 우리는 할 이야기가 많은 것 같은데."

"빌어먹을 새끼."

결국 조종구는 자리에 앉았다.

현재 상황에서 그가 할 수 있는 일은 없었으니까.

20대의 여성이 마치 40대의 거친 남자처럼 행동하는 것은 참으로 어색했지만…….

"너한테 묻고 싶은 게 많아."

"그래서 도와 달라고? 웃기고 있네. 그러느니 나가 뒈지겠다."

"제발 그래 주면 좋겠다. 너라는 인격만 죽으면 다른 인격들은 자유 아니야?"

"씨발 놈."

"뭐, 통성명을 했으니 단도직입적으로 묻지. 실종된 아이, 누구야?"

"조까!"

절대로 말하지 않을 것처럼 구는 조종구.

하지만 이내 그는 흔들리기 시작했다.

"이래도?"

눈앞에서 흔들리는 사진.

당장 찢어발기고 싶은 놈이 본체와 함께 있는 모습.

그것이 조종구가 감정을 통제하지 못하게 했다.

"이 사진을 가지고 싶지 않아? 당장이라도 찢어발기고 싶겠지. 하지만 어차피 너는 여기서 못 나가. 평생 못 나갈 수도 있지. 복수는커녕, 너라는 존재 때문에 장소희는 고통받을 거야."

노형진은 사진을 흔들며 말했다.

그 말은 사실이었다.

이곳은 폐쇄 병동의 안전을 위해 텔레비전도 컴퓨터도 없다.

"이익!"

"쉽게 말해서 거래야. 사실을 말하면 이 사진을 주지. 네가 원하면 장팔수에게 복수할 수 있는 최선의 방법도 구해 주겠어. 어차피 여기서는 너도 복수 못 해. 알잖아?"

"……."

"어차피 네가 가지고 있는 정보는 여기서는 쓸모가 없어. 사진 한 장과 바꾸는 조건으로는 나쁘지 않은 것 같은데?"

조종구는 짜증이 난다는 표정을 지었다.

"개 같은 새끼."

"칭찬 감사. 거래하겠어? 아니면 그냥 조용히 들어갈래?"

노형진이 강하게 억압하자 조종구는 입을 다물었다.

"너도 슬슬 상황을 알 텐데? 네가 버틸수록 장소희가 여기에 갇혀 있는 시간이 길어져."

노형진의 이야기에 의사는 뭔 소리인가 하는 얼굴이 되었다.

하지만 노형진은 조용히 조종구만 바라보았다.

'다중 인격의 원인은 자기 보호라고 했지.'

실제로 다중 인격의 등장은 상황에 따라 달라진다.

쉽게 말해서 필요한 상황에 따라 인격이 등장하는 것이다.

영화처럼 확확 바뀌는 경우도 있지만, 특정 조건을 만족하면 나타나는 경우가 많다.

장소희라는 원래 인격은 이제는 숨어 버려서 거의 나타나지 않는다.

이것이 법이다

정혜원은 그런 그녀를 보호하고, 차시라는 외부적으로 강하게 행동한다.

다 장소희라는 본인격을 보호하기 위한 행동이다.

그리고 조규아는 그녀의 순수성을 보호하는 것이다.

본체의 보호. 그게 다중 인격의 대전제다.

물론 그 안에서 외부에 부정적인 영향을 주는 인격이 사고를 치는 게 문제지만.

'조종구는 부정적 인격이지만 근본 목적이 장소희의 보호라는 건 똑같아.'

노형진은 그 부분을 공략하는 것이다.

그가 있음으로써 장소희는 여기에 갇혀 있는 거라고.

"그러니 거래를 하자. 정혜원의 통제를 따라. 그러면 이걸 주지. 이 사진을 찢어발기든 낙서를 하든, 마음대로 해."

"크윽…… 씨발……."

조종구는 이를 박박 갈았지만 부정하지는 않았다.

아니, 못 했다.

'이런 식으로 사라지면 참 좋은데.'

그게 안 된다는 걸 노형진은 안다.

하지만 조종구를 통제할 수 있다는 것만으로도 장소희는 상당한 도움을 받게 될 것이다.

"좋아, 좋다고. 씨발. 그 개좆같은 새끼만 엿 먹일 수 있다면 상관없어. 그 씹새끼를 내 손으로 갈가리 찢어 죽이지 못

하는 게 한이지만."

'예상대로군.'

조종구는 예상대로 장소희에게 다가오는 아버지를 힘으로 방어하기 위해 만들어진 인격이었던 것이다.

"그러면 정보부터 주면 좋겠는데."

"염병. 개 같은 변호사 새끼를 만나서."

조종구는 툴툴거리다가 입을 열었다.

"납치된 애 이름은 몰라."

"뻥치지 말고."

"씨발, 내가 뻥쳐서 좋을 게 뭔데? 내가 그 애새끼를 따라다닌 것도 아니고, 그 씹새끼가 차에 태우고 튄 건데 어떻게 알아?"

확실히 질 좋은 인격은 아닌 듯했다.

"하지만 집 주변에 있는 어린이집이나 그쪽은 다 찾아봤다. 실종자는 없던데?"

"내가 병신인 줄 아냐? 나도 좀 알아봤다. 그 애, 중국 애다."

"중국 애?"

"그래, 중국 애. 곱상하게 생긴 여자애."

조종구는 툴툴거리며 말했다.

"불법체류자 애새끼야. 당연히 출생신고도, 등록도 안 되어 있지. 그러니까 신고도 없고."

노형진은 눈을 찌푸렸다.

"하긴, 한국은 속인주의니까."

"속? 뭐? 그게 뭔데?"

"아니, 그걸 왜……."

노형진은 왜 그걸 모르냐고 물어보려다가 고개를 흔들었다.

몸은 같지만 조종구와 정혜원은 다른 인격이다.

법률적인 공부를 스스로 한 정혜원의 지식이 조종구에게 갔을 가능성은 없었다.

"태어나는 아이에게 국적을 주는 방식의 하나야."

아이가 태어났을 때 국적을 주는 방식에는 속인주의와 속지주의 두 개가 있다.

속지주의는 영토 내에서 태어난 모든 아이들에게 그 나라의 국적을 주는 것이다.

가장 대표적인 예가 바로 미국이다.

미국은 부모의 국적이나 불법체류 여부와 상관없이 그 나라에서 태어나면 무조건 미국인이다.

그래서 아이에게 미국 국적을 주기 위해 임신하면 비행기 타고 가서 아이를 낳는 것이 한국 부자들의 전통 아닌 전통이었다.

"하지만 한국은 속인주의지."

속인주의라는 것은 부모의 국적에 따라 국적이 정해지는 것이다.

쉽게 말해서 부모가 한국인이면 아이들도 한국인이라는

소리다.

부모 중 한 명만 한국인이어도 국적을 받을 수 있다.

그래서 미국에서 출생하면, 그 아이는 미국 국적과 한국 국적을 동시에 가질 수 있게 된다.

속인주의에 따라 한국 국적을, 속지주의에 의해 미국 국적을 가지는 것이다.

"그리고 불법체류자의 아이라면 출생신고가 불가능해."

둘 다 중국 사람이라면 말이다.

"현실적으로 존재하지 않는 사람이며 법적인 보호도 받지 못하는 사람이 되는 거지."

노형진은 눈을 찌푸리며 말했다.

"그랬나? 뭐, 난 그냥 부모를 쫓아내려고 그런 건 줄 알았는데. 하여간 경찰에 신고된 것도 없더라."

"아니, 애가 사라졌는데 부모가 신고를 안 한다는 게 말이나 돼요?"

고연미는 이해가 가지 않았다.

아무리 돈 때문에 불법체류를 한다고 하지만 그래도 당연히 자식에 대한 애착은 있을 것이다.

애가 사라졌는데 그걸 신고하지 않을 사람은 없다.

"그래서 먼저 선수 친 새끼들이 더 무서운 거야. 나도 나중에 알아봤는데 부모들, 강제 출국당했더라."

"네?"

"그 새끼들, 작정하고 애를 노린 거야."

일단 불법체류자들의 아이를 고른다.

그리고 틈을 봐서 납치, 부모는 불법체류로 고발.

"그 후에는 어떻게 되겠어?"

경찰이 와서 그들을 잡는다.

당연하게도 그 가족들이 아이가 사라졌다고 울고불고해 봐야 믿어 주지도 않는다.

기록상에는 존재하지 않는 아이니까.

설사 믿어 준다고 해도, 그걸 가지고 한국 체류를 무조건 연장할 수는 없다.

"결국 어미고 아비고 바로 강제 출국이지."

어깨를 으쓱하는 조종구.

"내가 알아본 건 거기까지야."

조종구는 그렇게 말하면서 이죽거렸다.

"그런데 부모들이 강제 출국당한 건 어떻게 알아낸 거지?"

"자원봉사자라고 하면서 물어보니까 좋다고 다 떠벌리더라. 짭새들이란."

"흠……."

"하여간 사진 내놔!"

노형진은 사진을 들어서 구속복 사이에 꽂아 줬다.

"옜다."

"진작 그럴 것이지."

이죽거리던 조종구의 표정이 갑자기 풀리더니 다른 사람처럼 바뀌었다.

그 시선에는 혐오가 가득했다.

그러더니 입을 열었다.

"이 사진을 용케 구했네요. 이런 사진이 있는 줄도 몰랐는데요."

방금 전과는 명백히 다른, 차분한 어조.

노형진은 조종구였던 그 사람을 가만히 바라보았다.

"정혜원 씨군요."

"어떻게 아셨습니까?"

"말투가 다르니까요."

정혜원은 고개를 끄덕거렸다.

"그나저나 이 사진으로 욕망을 통제하지는 못할 겁니다. 기껏해야 사진을 찢는 정도일 테니."

"뭐, 상관있습니까? 어차피 안 볼 사이인데."

"그게 무슨 말인지?"

"그거 포샵으로 만든 가짜입니다."

"뭐라고요?"

"원한을 가지고 있으니 이런 사진을 보면 참지 못하고 튀어나올 거라 생각했습니다. 하지만 이런 사진은 없는 것 같더군요. 그래서 포토샵으로 만든 겁니다. 애초에 가짜라는 이야기죠."

"허."

"어쨌거나 그걸 본 조종구가 눈이 뒤집어져서 나온 거고
요."

노형진은 씩 웃었다.

"제 계획이 먹힌 거지요, 후후후."

"허, 잘 만들었네요. 전혀 몰랐습니다."

"전문가가 이틀 내내 만든 겁니다. 어지간한 전문가가 아
니고서야 모르지요."

노형진의 말에 정혜원은 고개를 끄덕거렸다.

"그러면 감사를 해야겠군요. 조금이나마 제 통제를 따르
기 시작했으니까요."

"적절하게 통제하고 억제하면 사라지는 게 가능할까요?"

노형진은 이번에 의사에게 물었다.

그러자 의사는 흥분한 얼굴로 말했다.

"해외 사례를 보면 가능합니다. 물론 그 인격이 강하게 반
항하면 힘들기는 하겠지만, 이번 일로 정혜원 씨의 통제를
받기로 하였으니 잘하면 조종구의 인격을 없애거나 억누를
수 있을지도 모릅니다."

그러면서 의사는 지금까지와는 다른 치료법이라면서 흥분
했다.

'딱히 새로운 건 아닌데.'

정확하게는 노형진이 담당했던 사건의 의사의 방식을 살

짝 적용해 본 것뿐이었다.

"노 변호사님은 이제 심리학까지 하세요? 도대체 못하시는 게 뭐예요?"

고연미는 질렸다는 듯 노형진에게 말했다.

"하하하, 있기는 하겠지요."

노형진이 어깨를 으쓱하니 정혜원은 심각한 표정으로 말했다.

"조종구가 뭐라고 하던가요? 순순히 물러난 거 보면 이야기가 끝난 것 같은데."

노형진은 정혜원에게 다 이야기해 줬다. 정혜원은 심각한 표정이 되었다.

"충분히 가능하겠네요."

"그럴 겁니다. 경찰이라는 조직을 생각하면 말이지요."

아이가 있다는 걸 증명하지 못하면 강제 출국이다.

증명한다고 해도, 아이를 찾을 때까지 한국에 두지 않는다.

"그리고 부모가 다 한국 바깥으로 나갔는데 경찰이 아이를 찾기 위해 눈에 불을 켤 가능성은 높지 않지요."

한국 아이도 아니고 중국 불법체류자의 아이. 적당히 찾다가 그대로 미결 처리.

"그러면 주변에 소문도 안 나지요."

불법체류자의 아이였으니 어린이집이나 유치원도 다니지 않았을 테고, 당연히 소문이 퍼질 만한 구석도 없다.

"제가 돕고 싶지만……."

정혜원은 자신이 입고 있는 구속복을 살짝 들어 보였다.

"이런 처지라서요."

"아니요, 충분히 도와주셨습니다. 이건 우리가 처리하지요."

"사건이 해결되면 알려 주세요. 그래도 제가 뭔가를 했다는 좋은 기억을 가지고 싶네요."

그녀의 말에 노형진은 고개를 끄덕거렸다.

"기꺼이 그러지요."

이제 남은 것은 사라진 아이를 찾는 일이었다.

사라진 아이들

"정신병자에게서 나온 진술 아니야?"

"정신병자치고는 확실해. 그리고 아까 말했잖아, 다중 인격은 착란하고 달라. 헛것을 보거나 하지는 않는다고."

"그래? 나야 모르지."

오광훈은 머리를 긁적거리며 말했다.

"뭐, 네가 맞는다면 맞는 거겠지. 그러면 이걸 추적해야 하는데, 어떻게 추적하냐?"

"일단 경찰서에 접수 기록부터 확인해 봐야지."

"접수 기록?"

"부모잖아. 아무리 불법체류자라고 해도, 그래도 자기 자식이 사라졌는데 경찰서부터 가지 않았겠어?"

"그런가?"

"신고 자체는 부모가 하지 않았다고 해도 주변에서 도와주는 사람이 있었을 테니까, 그들이 했을 수도 있어."

인권 단체들이 불법체류자를 도와주는 것은 흔한 일이다.

그들이 나서면 부모의 신분을 감추고도 신고할 수 있다.

"물론 제보자 말대로 불법체류를 신고한 자가 작정하고 한 거라면 이미 부모는 쫓겨 나간 후겠지만."

"그건 그러네. 그런데 이런 일을 하는 게 누굴까?"

"모르지. 확실한 건 이건 단순히 개인이 저지른 건 아니라는 거야."

납치에서 신고까지, 마치 누군가 짠 것처럼 자연스럽게 흘러가야 한다.

"법에 대해 좀 아는 놈이 짠 작전이라는 거지."

"개 같은 놈들은 너무 많고, 나는 너무 바쁘고."

오광훈은 툴툴거렸다.

"바로 관련 서류 보내라고 할게. 뭐 필요한 거 있어?"

"넌 그 서류를 확인하고 있어. 난 그 지역 인권 단체들을 찾아가서 알아보고 있을 테니까."

"하긴 그쪽은 검사라고 하면 입 다물겠다."

그쪽이 털리면 다른 불법체류자가 잡혀갈 가능성이 높으니까.

"그래, 이번에는 분업하자. 혹시 모르니까 그 지역 위험

폭력 조직도 좀 알아보고."

"그러지."

"알아보고 모이자고."

노형진은 그렇게 말하고는 검사실에서 나왔다.

차가운 공기가 노형진을 덮쳤고, 노형진의 입에서는 찬 기운이 뿜어져 나왔다.

⚖

"모릅니다."

노형진이 찾아간 인권 단체는 일단 모른다는 말부터 했다.

"실종자가 있다는 걸 압니다. 관련자들을 알려 주셔야 합니다."

"아니, 저는 모른다니까요."

"거참."

노형진은 혀를 끌끌 찼다.

범인이 누군지 모르지만 그들은 확실히 똑똑했다.

신고는 하되 경찰이 추적도 못 한다는 걸 알고 있었다.

추적을 하기 위해서는 주변 인물을 조사해야 한다.

그런데 그 주변 인물은 불법체류자이거나, 불법체류자를 보호하거나 도와주는 사람들이다. 아니면 그들을 고용한 업장이라든가.

'머리 잘 썼네.'

결과적으로 그걸 인정하고 진술하는 순간 추방이든가, 처벌을 피할 수가 없다.

경찰이 돕고 싶어도 주변에서 이야기를 안 해 주니 추적은 불가능하다.

그리고 흐지부지된다.

이들도 부모가 강제로 출국된 후에 아이를 아주 열심히 찾을 거라고 보기는 힘들었다.

"진짜 그러다 아이 못 찾습니다."

"지금까지 방치하다가 왜 이제 와서 이러십니까?"

"이제 와서가 아닙니다. 저희는 나름대로 노력하고 있는 겁니다."

"웃기지 마세요. 몇 번이나 신고를 했는데……."

"하지만 매번 주변 인물은 알려 주지 않으셨겠지요."

"우리는 그들을 보호해야 합니다."

인권 단체 수장이라는 작자의 말에 노형진은 숨이 턱턱 막혔다.

'손발 다 묶어 두고 수사하라고 하면 어떻게 수사하냐?'

불법체류자이다 보니 어디에서 일했는지도 모른다. 동선도 당연히 모른다.

그러니 조사를 할 수 있을 리 없다.

'그렇잖아도 일하기 싫어하는 경찰이 참 열심히 일할 환경

만들어 주네.'

노형진은 혀를 끌끌 차며 말했다.

"그러면 그 아이에 대한 정보는 전혀 없지 않습니까?"

"정보는 경찰에 다 줬습니다."

"아이 정보를 몰라서 수사를 못 하지는 않습니다. 하지만 주변 인물들 중에서 그럴 사람이 있는지는 알아야지요."

"그분들은 절대 그럴 분들이 아닙니다."

"그러면 범인은 한국인이라고 생각하시는 겁니까?"

"네!"

노형진은 그런 그를 보고 머리를 흔들었다.

'언더 도그마에 완전히 찌들었군.'

언더 도그마, 쉽게 말해서 약자는 언제나 선하다는 개념.

물론 말도 안 되는 개소리다.

약자가 선한 게 아니라 약자는 악할 기회가 없을 뿐이다.

'하지만 이런 식으로 언더 도그마에 빠진 인간은 절대 도와주지 않지.'

그렇다고 범인은닉으로 몰아갈 수도 없는 노릇이다. 그가 범인을 아는 것도 아니니 말이다.

그는 주변 인물들을 소개시켜 주지 않는 것뿐이니 그들이 저지른 범죄를 그가 알고 있다는 확실한 증거가 없다면 범인은닉죄는 성립하지 않는다.

"그러면 그분들이 있었던 회사라도 알려 주세요. 돈 벌려고 한국에 있었으니 근무는 하셨을 거 아닙니까?"

"안 됩니다. 거기에는 근무하시는 다른 분들이 있습니다."

"아니, 진짜 어쩌자는 겁니까!"

노형진은 결국 발끈했다.

"수사를 해서 애를 찾아 주셔야지요."

"그러니까 주변부터 탐문을 하겠다는 거 아닙니까?"

"그 과정에서 선량한 피해자가 나올 수밖에 없습니다. 그건 안 됩니다."

"말이 안 통하네요, 진짜."

노형진은 답답해서 눈을 찌푸렸다.

이런 식이면 아무리 설득해도 절대 입을 열 것 같지 않았다.

"그러면 사라진 아이는 안 찾을 겁니까?"

"그건 경찰에서 찾아야지요."

"끄응……."

노형진은 그걸 보고 직감적으로 알 수 있었다.

'포기했군.'

기회비용의 문제다.

이미 사라져 버린 아이와 출국당한 부모들.

그들을 도와줘도 인권 단체에 떨어지는 떡고물은 없다.

인권 단체란 기부금으로 움직인다.

그런데 이러한 인권 단체는 불법체류자들을 불쌍하다고 포장해서 기부금을 받는다.

물론 불법체류자들이 자발적으로 내는 성금도 있다.

자기를 도와준 건 사실이니까.

'하지만 사라진 아이와 부모는 그럴 수가 없지.'

사라진 아이는 당연히 돈을 못 주고, 부모는 한국에 들어오지도 못한다.

겉으로는 도와준다고 하지만 상당한 시간이 지난 현시점에서 인권 단체에 중요한 것은 당장 돈이 될 수 있는 사람들이다.

"그래요? 그러면 할 수 없지요."

노형진은 어깨를 으쓱했다.

"도와주시기 싫다면 저희가 알아서 해야요."

"애초에 경찰이 이런 일을 해결하라고 있는 조직 아닙니까? 그것도 안 하면 반성해야지요."

마치 자신들이 선이라도 되는 것처럼 말하는 그의 태도에 노형진은 피식 웃었다.

"네, 알아서 하겠습니다. '알아서'."

물론 그 과정에서 그들은 뼈저리게 후회하겠지만 말이다.

⚖

"결국 실패했다 이거지?"

노형진에게서 자초지종을 들은 오광훈은 기가 막힌 표정

으로 확인하듯 물었다.

노형진은 한숨을 푹 내쉬었다.

"어. 정보를 안 주네. 경찰에서 나온 정보는 뭐가 있어?"

"일단 그 지역에서 아동 실종은 4년간 총 열아홉 건이야."

"그렇게 많다고?"

노형진이 깜짝 놀라 오광훈을 쳐다보았다.

그런데 오광훈은 태연한 표정이었다.

"그래. 어쩌면 더 많을 수도 있어."

"뭐? 그게 무슨 소리야? 더 많을 수도 있다니?"

"네가 말한 게 사실이라면 말이야."

만일 누군가 그러한 아이들을 전문적으로 납치한다면, 그리고 부모들이 모조리 추방되게 만든다면 과연 경찰이 추방당하는 사람들이 하는 말을 믿어 줄까?

아마도 추방을 면하기 위해 하는 거짓말이라고 생각할 가능성이 높다.

"그나마 이건 주변에서 증언해 줘서 접수되거나 제삼자가 접수한 거야. 당사자가 했는데 추방당하면서 제대로 접수가 되지 않았다면, 피해자는 더 있다는 소리지."

오광훈은 질렸다는 표정으로 말했다.

설마 대한민국에 존재하지 않는 사람들이라는 게 있을 줄은 몰랐다.

"이런 아이들이 많아?"

이것이 법이다

"많지. 외국에 나가면 향수병이라는 게 생기는 거잖아."

한국에서 불법체류 하는 사람들은 대부분 돈을 벌기 위해 온 사람들이다.

즉, 많은 나이가 아니며 생각보다 젊은 나이에 오는 경우가 많다.

"그런 사람들은 불법체류자라는 이유로 공식적인 모임이나 행사에는 못 나가. 당연하게도 자기들끼리 뭉쳐서 이야기하거나 하지."

"그러다 눈이 맞는다 이거구나?"

"그래. 일하러 온다는 것 자체가 젊은 나이라는 거니까."

그리고 그들 사이에서 태어난 아이들은 진짜 누구도 모르는 유령 같은 존재가 된다.

실제로 모 국회의원이 그들에게 국적을 주자는 주장을 하기도 했지만 그건 법적으로 형평성을 정면으로 깨 버리는 방식이기에 문제가 된다.

그 국회의원의 말대로 하면 부모들은 세금도 내지 않는 일종의 혜택 대상이 되기 때문이다.

그렇다고 부모는 쫓아내고 아이들은 그냥 두자니, 그러면 그 애들은 모두 고아원행이다.

"그러니 여러 문제가 충돌하지. 이건 단순히 인정으로 해결할 수 있는 문제가 아니야. 속지주의를 인정하면 아마 외국인의 한국 출생률이 어마어마하게 높아질걸."

결국 여러 가지를 감안해야 하는 문제이고 노형진 입장에서는 당장 문제 해결에 도움이 되는 것도 아니다.

"보아하니 조금씩 조금씩 돌아다니면서 납치하는 모양이야. 경찰들은 대부분 불법체류자의 신고인지라 제대로 조사도 하지 않은 모양이고."

"거기에다 그 당사자인 부모는 해외로 추방당하고 말이지."

노형진의 말에 오광훈은 고개를 끄덕거렸다.

"도대체 왜 애들을 납치하는 거야?"

노형진은 이해가 가지 않았다.

"그건 모르지. 하지만 통계를 내는 것도 쉽지 않아. 일단 사라진 아이들이 진짜로 존재하는지조차도 모르니까."

노형진은 심각한 표정이 되었다.

그들의 목적이 뭐든 간에 아동 납치는 심각한 범죄다.

"결국 근본부터 시작하는 게 좋겠어. 장팔수에 대한 정보는 확인해 봤어?"

"확인해 봤어. 그런데 교도소에서 출소한 후에 흔적이 전혀 없어."

"그래?"

"어. 마지막 흔적은 가족이었던 장소희와 아내를 찾아간 것뿐이야."

"그건 나도 알아."

그곳에서 그는 거절당했다.

그리고 사라졌다.

"어딘가에 취업했다고 보기는 힘들겠지."

그랬다면 이미 노형진과 오광훈의 탐지에 걸렸어야 한다.

그런데 찾을 수가 없다.

"그러면 그가 숨어 있어야 한다는 건데, 도대체 왜 숨을까? 그건 답이 나와 있지."

조종구의 말이 맞는다면 그는 전문 납치 그룹에 속해 있을 가능성이 높다.

그런 녀석이 숨지 않으면 그게 더 이상한 거다.

"흠……."

노형진은 심각한 표정으로 고민하기 시작했다.

장팔수가 그 그룹에 속한 건 부정할 수 없는 사실이다.

장팔수의 성향과 현재의 상황이 그걸 가리키고 있다.

"장팔수를 찾아야 하나? 쉽지 않을 것 같은데."

"아, 장팔수 말고 다른 방법을 찾는 게 나을지도 모르겠어."

"응? 그게 무슨 소리야?"

"이건 한탕만 하는 타입은 아닌 것 같거든."

노형진은 심각한 표정으로 말했다.

"지금 의심되는 사건만 열 건이 넘는 거잖아."

"그렇지."

"그 외에, 포함되지 않은 것까지 생각하면 더 많은 납치가 있었겠지. 그런데 그런 일을 할 때 과연 믿을 만한 사람을 쓰지 뜨내기를 쓸까?"

"음…… 그럴 가능성은 낮기는 하겠네."

더군다나 조종구의 말에 따르면 그들은 패거리로 움직인다고 했다.

"그러면 그 멤버를 어디서 구했을지를 생각해 보자고."

"멤버를…… 으음…… 어디서…… 구해야 할까……. 어디서……."

오광훈은 말을 하다가 고개를 들었다.

그리고 혹시나 하는 얼굴로 되물었다.

"혹시 학교?"

"빙고."

이런 일을 할 때 인터넷에 구인 광고를 올릴 수는 없다.

당연히 소개를 통해서 하든가 아니면 기존에 알던 녀석을 쓸 수밖에 없다.

"하지만 기록을 보면 장팔수는 교도소에 가기 전에는 딱히 범죄자 타입은 아니었어."

다만 소아성애증이 있어서 자신의 딸에게 눈이 돌아갔을 뿐이다.

그 이전에는 딱히 처벌받은 기록이 없다.

"그러니 외부의 소개로 납치 세력에 들어간 건 아니라는 거지."

그러기에는 그의 인맥은 너무나 좁다.

물론 아는 사람이 없는 것은 아니겠지만 아동 성범죄를 자기 딸에게 저지른 그 순간부터 그를 인간으로 취급하는 사람은 없을 것이다.

"기존 인맥은 끊어졌을 테고, 범죄자들도 그를 꺼릴 거야."

"그건 그래."

오광훈은 고개를 끄덕거렸다.

"교도소에서도 아동 성범죄자 놈들은 사람 취급 안 하지."

웃기지만 그게 그 세계의 룰이다.

똑같은 감옥 안이지만 그래도 도둑질이나 폭행은 사람대우를 해 주고, 사기꾼 같은 경우는 인정은 해 주지 않지만 괴롭히거나 하는 일은 별로 없다.

"하지만 아동 성범죄자 놈들? 그건 그냥 벌레 취급이야."

"그건 미국도 마찬가지야."

미국에서는 아동 성범죄자가 감옥에 들어가자 집단으로 그를 강간해서 항문이 파열되는 사고까지 있었다.

그만큼 전 세계에서 아동 성범죄는 최악의 인식을 가지고 있었다.

"그런데 그거랑 이번 사건이랑 무슨 관계가 있다는 거야?"

"네가 말했잖아, 사람 취급 못 받는다고. 하물며 자신의 딸을 강간해서 미치게 만든 놈인데."

"그래서?"

"누군가의 보호를 받지 않았을까?"

노형진의 말에 오광훈은 알 것 같다는 표정을 지었다.

"그럴지도 모르겠다. 아니, 그럴 가능성이 높네. 누군가 보호해 주지 않았다면 멀쩡하게 감옥에서 나오기 힘들었겠지."

정혜원의 말에 따르면 비교적 멀쩡하게 그녀를 찾아왔다고 한다.

그런데 아동 성범죄자는 그러기가 힘든 편이다.

"만일 누군가 장팔수를 보호했다면 왜 보호했을지가 중요하지."

단순히 불쌍해서?

그럴 리 없다. 범죄자들이 그렇게 착할 리 없으니까.

"나중에 써먹기 쉬울 것 같아서일지도?"

어디에서도 보호받지 못하는 아동 성범죄자.

그들은 매일같이 두들겨 맞으며 고통을 받는다.

그런데 그런 그를 누군가 보호해 준다면?

당연히 장팔수는 그쪽과 어울릴 수밖에 없다.

"그 선이 출소한다고 끊어질까?"

"아니."

오광훈은 단호하게 선을 그었다.

"감옥 내에서 누군가에게 보호를 제공할 정도의 능력을 가진 놈들이라면 본체는 외부에 있어. 필연적으로 세력이라는 거지."

"그렇겠지?"

개인이 아무리 잘 싸워도 폭력 조직을 이길 수는 없다.

더군다나 감옥은 그게 더 심한 편이다.

심지어 수감되어 있는 누군가를 죽이기 위해 스스로 감옥에 들어가기도 하는 게 폭력 조직이다.

"하지만 여전히 이해가 안 가는 게 있는데."

"어떤 거?"

"장팔수가 아무리 보호받았다고 해도 무조건 거기에 끼어들까? 사실 그는 범죄 이력이 전혀 없잖아. 범죄 방식을 갑자기 확 바꾸는 경우는 별로 없어."

오광훈의 말에 노형진은 고개를 끄덕거렸다.

사기를 친 놈은 계속 사기를 치려는 성향이 강하고, 폭행을 한 놈은 또 폭행을 해서 다시 감옥에 가는 경우가 많다.

범죄도 어떻게 보면 학습인지라, 전혀 새로운 방식으로 돌변하기는 쉽지 않다.

장팔수는 아동 성범죄자다. 그런데 갑자기 납치범으로 돌변한다는 건 말이 안 된다.

거기에다 납치 그룹의 한 명으로 일한다는 것은 더더욱 말이다.

"아마도…… 나는 그가 포섭된 게 아닌가 싶은데."

"어째서?"

"아동 성범죄자들은 절대로 자기 성향을 못 버려. 심지어 거세된다고 해도 말이야. 그건 일종의 정신병이나 마찬가지야."

참는다고 참을 수 있는 게 아니다.

오죽하면 몇몇 아동 성범죄자들은 스스로 경찰에 와서 자신에게 물리적 거세를 해 달라고 하기도 한다.

강렬한 욕망을 통제하지 못하기 때문이다.

"그게 이번 사건과 무슨 관계가…… 아…… 그러네. 이거 아동 납치 사건이지?"

그 아이들이 어떻게 취급될지는 모르지만, 그 과정에서 장팔수가 자기 욕망을 채울 수 있는 시기는 분명 온다.

실제로 과거에 여성이 납치되었을 때 많이 당하는 것 중 하나가 바로 강간이었다.

범죄자들이 자기 욕망을 먼저 채우려고 하기 때문이다.

"장팔수는 자기 욕망을 채우려고 하겠지."

그리고 그게 계속 가능한 이상, 장팔수는 절대 배신하지 않는다.

자신의 욕망을 채울 수 있는 공간은 그곳뿐이니까.

"설마……!"

"확실하게 범죄 조직에서 장팔수를 통제할 수 있는 거지."

절대 배신하지 않을 사람이다.

신고하거나 자수할 리도 없다.

"그걸 감안해서 교도소에서 점찍고 보호할 가능성. 어떻게 생각해?"

"내 생각에는……."

오광훈은 고개를 끄덕거렸다.

"가능해. 가끔 폭력 조직은 그런 식으로 자기 멤버를 보충하곤 하니까. 달리 학교라고 불리는 게 아니야."

범죄자들이 교도소를 학교라고 부르는 이유.

그 안에서 수많은 범죄자들을 만나 기술을 배워 오기 때문이다.

"그리고 그 안에서 만난 놈들끼리 뭔가 하는 경우도 많고."

"그러면 시작된 곳은 역시 교도소일 가능성이 높군."

노형진은 입술을 깨물며 말했다.

"일단 교도소로 가 보는 게 좋겠다."

⚖

노형진과 오광훈이 찾아오자 교도소 측에서는 다소 당황했다.

물론 영장은 없었지만 이런 일이 한두 번이 아닌 듯, 실무자가 두 사람을 맞이했다.

"장팔수가 내부에서 어떤 대우를 받았냐고요?"

"네. 기록이 전혀 없지는 않을 텐데요?"

교도소라는 공간은 무척이나 통제가 심하다.

물론 그 인원적 한계 때문에 계속 감시하지는 못하지만, 삶의 전반적인 상황 정도는 알아볼 수 있다.

"일단 초반에는 무척이나 힘들어했습니다. 구타를 많이 당했으니까."

"구타요? 불법 아닙니까?"

"당연히 불법이지요. 하지만 방마다 CCTV가 있는 게 아니니까요."

그러니 사람들이 눈치를 보면서 때리면 잡는 것도 쉬운 게 아니다.

특히나 목욕탕 같은 데에 갔을 때는 멍을 안 달고 나온 적이 없다고 한다.

"뭐, 매번 넘어졌다고 구라쳤지만."

"그런데 조치를 하지 않았나요?"

오광훈은 어이가 없다는 듯 말했다.

그러자 담당자는 어쩔 수 없다는 듯 말했다.

"조치를 취하려 해도 어떻게 할 방법이 없으니까요. 독방을 줄 수도 없는 노릇이고, 그를 지키기 위해 사람을 배치할 수도 없고요."

"으음……."

"그리고 교도관도 사람입니다. 그 미친놈이 뭔 짓을 하고 왔는지 다 아는데 좋게 볼 수가 없지요."

"하긴 그렇겠지요."

이러한 린치는 어느 정도는 교도관의 암묵적인 방치가 있지 않으면 이루어질 수가 없다.

"하지만 후반에는 그런 게 없었습니다."

"역시나……."

"역시나?"

"아니, 그런 게 있습니다. 후반에 혹시 장팔수를 보호하는 사람이 있던가요?"

"장팔수를 보호하던 사람이라……."

담당자는 잠깐 생각하다가 고개를 흔들었다.

"아니요. 모르겠네요. 사실 저희가 그런 것까지 감시할 수는 없어서요."

"이런……."

약간 곤혹스러워 보이는 오광훈.

누군가가 그를 포섭했다고 생각했다.

그렇다면 그 포섭을 하는 행동에는 당연히 그의 경험상 보호가 들어가야 한다.

그래서 당연히 보호하는 놈이 있을 거라 생각했는데 담당자가 모른다고 하니 곤혹스러울 수밖에 없었다.

하지만 노형진에게는 다른 생각이 있었다.

"장팔수가 있던 방의 방장이 누구입니까?"

"방장요?"

"네."

"아니, 방장은 왜?"

뜬금없이 방장에 대해 묻자 오광훈은 갸웃하면서 노형진

에게 되물었다.

"교도소라는 공간은 철저한 계급사회야."

방장이 있고, 그 아래에 부하들이 있고, 그 아래에 평민과 노예가 있다.

물론 공식적으로는 그런 형태가 아니지만, 교도소에서는 관리의 편의성 때문에 그런 형태를 선호한다.

"그리고 그를 보호하던 사람이 누군지는 모르지만 말이지, 방장의 말에 저항하면서까지 그를 보호하기는 힘들어."

"아하!"

즉, 방장이 그 보호자의 멤버일 가능성이 높다는 소리다.

아니면 그 방장이라는 놈이 누군가에게 청부를 받아서 보호하거나.

"방장이라······. 잠시만요. 한번 확인해 보지요."

노형진의 말에 담당자는 컴퓨터를 켜고는 수감 기록을 확인하기 시작했다.

그리고 얼마 지나지 않아서 기록을 찾아냈다.

"그 방의 방장은 호천일이었습니다."

"호? 호씨가 있어요?"

"중국인이었습니다."

노형진은 살짝 눈을 찌푸렸다.

중국 사람에게 방장을 맡기는 경우는 드무니까.

"혹시 호천일이 무슨 죄목으로 왔는지도 알 수 있습니까?"

일반적으로 방장은 철저하게 힘의 서열에 따른다.

그러니까 강력 범죄자일수록 방장이 되기 쉽다는 거다.

"보이스 피싱이네요."

"보이스 피싱?"

"네."

노형진은 조용히 머릿속을 정리했다.

일반적으로 보이스 피싱범이 방장이 되기는 힘들다.

보이스 피싱은 전형적인 지능형 범죄다. 당연하게도 힘이 강한 타입은 아니라는 거다.

그런데 방장을 하다니?

"혹시 형량이 어떻게 되는지는요?"

"4년 나왔네요. 이게 중요한가요?"

"중요합니다."

노형진은 심호흡을 하고는 천천히 상황을 설명해 줬다.

"보이스 피싱은 전형적인 조직범죄입니다. 혼자서 보이스 피싱을 하지는 않지요. 그리고 중국인이라는 점을 보면, 중국계 조직이라는 거지요."

"으음……."

점차 형태를 갖춰 가는 상황. 노형진은 그게 마음에 들지 않았다.

"그런데 그가 방장을 했습니다. 즉, 그의 세력이 작지 않았다는 겁니다. 전형적인 지능형 범죄인데도 불구하고 방장을 했다는 건, 감옥 안에 있는 사람들에게 영향력을 쉽게 줄 수 있다는 소리니까요."

"그건 그렇겠네요."

"그리고 결정적으로 4년이라는 형량이 문제입니다."

"네? 어째서요?"

"교도소에 남는 것은 최종 형량이니까요."

쉽게 말해서 그는 진짜로 교도소에서 4년을 있다가 나갔다는 소리다.

"한국에서는 쉽게 형량을 깎아 주죠."

검찰에서 범죄에 대해 강하게 처벌해도 판사가 그걸 그대로 받아들이는 경우는 거의 없다고 봐도 무방하다.

진짜 사회적으로 지탄받고 이슈가 된 사건이라면 모를까 대부분의 경우 검사가 요구하는 형량을 대부분 인정하지 않는다.

어떤 경우에는 최대 50% 이상까지 깎아 주는데, 1심과 2심을 전부 거치면 충분히 그만큼 깎을 수 있다.

어차피 1심이 나온 순간부터 범인은 판결을 기다리는 것밖에 할 수 있는 게 없어서 대부분은 2심으로 가기 때문이다.

그래서 2심까지 가면 보통은 절반 정도, 운이 좋다면 3분의 1까지도 떨어지곤 한다.

일단 최소 30%는 검찰의 구형보다 낮아진다고 봐야 한다.

"그게 중요한 거야?"

"중요하지. 보이스 피싱을 박멸한다고 정부에서 노력하고 있지만 단순 잡범에게 이 정도 형량은 안 나온다고."

"그 말은?"

"주범 또는 그에 준하는 간부급이라는 소리야."

노형진의 말에 오광훈은 손가락으로 이리저리 계산해 보더니 고개를 끄덕거렸다.

"그렇겠네."

"그럼 대충 각이 나오는데?"

8년을 구형했다는 것은 아주 고위 간부급이라는 소리다.

아니, 이 정도면 주범이라고 봐도 무방하다.

"그런 놈이니 장팔수를 포섭할 수 있었겠지."

그리고 장팔수는 자신을 보호하는 호천일에게 술술 넘어갔을 것이다.

"심리적으로 기대기 시작하고, 출소 후에도 그가 접근하자 쉽게 동조했을 테고."

머릿속에서 완성된 그림.

노형진은 곰곰이 생각하다가 길게 한숨을 내쉬었다.

"이거 무척이나 일이 심각해지는데."

"뭐? 또 왜? 네가 그러면 무섭다."

"아니, 그렇잖아. 호천일이 장팔수를 포섭하려 했어. 이 감옥에서 말이야."

"그런데?"

"'그런데'가 아니라, 생각해 봐. 필요도 없는 사람을 일단은 포섭하자고 생각하겠어?"

오광훈은 말문이 콱 막혔다.

그럴 리 없다.

장팔수는 모두에게 무시받는 범죄자였다.

그런 그를 이유도 없이 미래를 위해 포섭해 보겠다고 할 사람은 없다.

누군가를 포섭할 때는 우선 그를 쓸 곳을 생각하기 마련이다.

"그리고 호천일은 4년 형을 받았지. 그게 무슨 소리겠어?"

호천일이 장팔수를 어디에 쓸지, 사용처가 있었다는 것.

그건 이 일이 최소 4년 이상 계속되었다는 것을 의미한다.

"잠깐만, 그러면 이게 몇 년이나 지속되었다는 거야?"

"그렇다고 볼 수도 있지. 애초에 추적도 불가능하고 등록도 안 된 아이들이야. 그 애들이 어디에 있을지 어떻게 알아?"

중국으로 추방당한 부모들만 눈이 돌아가는 셈이다.

"하지만 이걸 중국 정부에서 그냥 둔다고?"

"그냥 둘 수밖에 없어."

"뭐? 어째서?"

"중국에서 아동 인신매매가 매년 얼마나 많은지 알아?"

중국은 아동 인신매매가 아주 심각하다.

단순히 잃어버린 애들을 거래하는 게 아니라, 길 가다가 애를 보고 그 보호자를 칼로 찌르고 데리고 가기도 한다.

"그런데 문제는, 중국에서는 절대 남을 도와주지 않는다는 거야."

길바닥에서 살인이 일어나도 강간이 일어나도, 도와주지 않는 중국의 문화.

그 때문에 애가 잡혀가든 말든 신경 쓰지 않는다.

"아동 인신매매가 사형이면 뭐 해? 그런 식으로 굴면 잡을 수가 없는데."

하물며 자국 범죄도 해결 못하는 상황에서 그들이 한국에서 일어난 사건에 신경을 쓸까?

"그리고 이 경우는 말이지, 신고를 해도 엄밀하게 분류하면 실종 취급이야."

납치라는 확실한 증거가 확보되고 그와 관련된 증언이나 증거가 있다면 그건 납치로 분류된다.

"하지만 증인도 증거도 없다면? 그건 그냥 실종이지."

"와, 미친. 이거 상황 더럽게 꼬이네."

부모가 신고하자니, 부모는 불법체류자라 경찰서에 가는 순간 강제 추방된다.

주변에서 신고하자니 아이가 존재한다는 증명이 필요하다.

그 증거인 부모를 데리고 가면 역시 강제 추방되고, 설사 어떻게 접수한다고 해도 납치되었다는 증거나 증언이 없다며 그건 납치가 아니라 실종으로 처리된다.

"돈을 요구하는 거라면 차라리 그 자체가 증거가 되지만."

하지만 그게 아니라면 그냥 실종으로 처리가 되는 것이다.

그리고 대한민국 경찰은 실종에 대해 별로 조사하지 않는다.

한국 사람의 실종에 대해서도 가출로 몰아가면서 귀찮다고 수사 안 하는 한국 경찰이, 하물며 존재조차 불확실하고 출생 기록도 없는 아이들을 위해 과연 발 벗고 나서서 움직일까?

"문제는 왜 이런 사건이 벌어지느냐는 거야."

노형진이 알기로 이런 사건은 역사적으로 없었다.

물론 노형진이 몰랐을 수도 있고, 경찰이 이런 사건을 아예 인식하지 못했을 수도 있다.

유일한 증인은 장소희.

그러나 그녀는 다중 인격으로 정신이상 증세를 가지고 있으니 경찰이 그녀의 말을 믿어 줄 리 없다.

"그러면 어쩌지? 그놈들을 찾아야 하나?"

그마저도 쉽지 않다.

호천일은 중국 사람이다. 즉, 멤버들은 대부분 중국인일 가능성이 높다는 소리다.

밀입국해서 움직이는 자라면 추적은 불가능하다.

머리를 싸매던 오광훈이 뭔가 생각난 듯 약간 밝아진 얼굴로 물었다.

"한 사장이라면 알고 있지 않을까?"

"글쎄……."

노형진은 눈을 찌푸렸다.

"그건 알아봐야겠지."

남은 건 그것뿐이었다.

"모르는데. 내가 무슨 암흑가의 정보를 다 쥐고 있다고 생각하는 거야, 뭐야? 중국 쪽 정보가 나한테 올 이유가 없잖아."

"역시 그렇지요?"

혹시나 했지만 역시나였다.

그리고 해서 모든 정보를 다 아는 것은 아니었다.

"그리고 내가 그런 거 극도로 혐오하는 거 알잖아? 그런데 놈들이 정보가 이쪽으로 넘어오게 하겠어?"

"그건 그래요."

"그렇잖아도 중국 쪽 조직 애들 때문에 머리 아파 죽겠구먼."

"그 정도입니까?"

"아주 그냥 미친 듯이 몰려온다고."

한만우는 질려 버렸다는 표정이 되었다.

"농담이 아니라, 우리가 양성화하지 않고 버텼으면 싹 밀렸어."

한만우는 치를 떨며 말했다.

"노 변호사가 했던 지역별 보디가드 업무가 이렇게 오래갈

줄도 몰랐고."

"아…… 그 사건 말이지요."

노형진은 탐탁지 않은 표정으로 말했다.

지역별 보디가드. 과거에 노형진이 사건을 해결하면서 경찰이 욕먹게 하기 위해 만든 조직이다.

물론 그때는 단발성이었고 더 이상 신경 쓰지 않았지만…….

"그거 신청하는 곳이 많은가 보군요?"

"생각보다 많아. 특히 중국계 애들이 많은 유흥업소 쪽은 엄청나."

중국계 폭력 조직이 와서 무전취식을 하거나 돈을 요구하는 경우가 어마어마하게 많다고 한다.

"신고해도 짭새 새끼들 출동에만 20분은 걸리니까."

출동해도 문제다.

사고를 치는 놈을 처리해야 할 경찰은 정작 술에 취해서 자기들에게 덤빌 때나 데려갈 뿐, 그 외에는 느긋하게 뒷짐 지고 좋게 해결하라는 말만 하면서 구경만 한다.

그렇다 보니 그 지역을 보호해야 하는 경찰과 공권력을 믿을 수가 없어져서 결국 지역 상인들이 자신들을 보호해 줄 수 있는 다른 사람들을 찾기 시작했는데, 그게 아이러니하게도 노형진이 만든 지역별 보디가드였다.

"우리는 잠깐 하고 없어질 줄 알았는데 말이지."

하지만 지금은 한만우의 주요 수입원이 되었다.

사무실 하나 얻어서 주변을 커버하다가, 중국 조직이 오면 경찰을 부름과 동시에 신속하게 출동해서 제압하는 것이다.

게다가 웃기게도 그렇게 출동한 한만우의 조직원들이 감시하는 것은 중국인이나 취객이 아니라 경찰이었다.

출동하는 순간부터 카메라로 촬영하고, 그렇게 뒷짐 지고 구경만 하는 모습을 민원으로 넣어 버리는 것이다.

그러니 경찰이 적극적으로 나설 수밖에 없었다.

"경찰이고 보안 업체고, 적극적으로 막지 않으니까."

심지어 심한 경우는, 주인은 싸우고 있는데 경찰은 알아서 해결하라며 자리를 떠난 경우도 있다고 한다.

"설마 싶지?"

"전혀요."

노형진은 전혀 '설마'라는 생각이 들지 않았다.

상대방이 말로만 돈을 달라고 하는 경우, 경찰은 그냥 가라고 훈방 처리해 버린다.

그래서 그들이 다시 찾아와서 가게를 몽땅 부수고 가 버리기도 한다.

"전에는 기도들이 지키곤 했는데 수적으로 안 되니까."

기도란 가게를 지키는 경비를 일컫는 속어다.

보통은 입구에 서서 손님을 거르거나 문제가 생기면 술에 취한 사람들을 가게에서 내보내거나 하지만, 대부분의 기도들은 가게에 속해서 일하는 근무자들이고 중국 조폭들이 우르르 몰려오면 막는 데 한계가 있다.

"웃기게도 그래서 우리 조직이 더 전국적으로 커지더라고."

한두 명이 지키고 있어 봐야 별 도움이 안 된다.

하지만 그들이 와서 깽판 칠 때 수십 명이 몰려가면 도움이 된다.

"쩝."

노형진은 자신도 모르는 사이에 일이 그 지경이 되었다는 말에 머리를 긁적거렸다.

"하여간 상황이 그다지 좋지는 않아. 중국 쪽 애들이 너무 많아. 유흥에도 중국 애들이 들어오는 판국이야."

머리를 절레절레 흔드는 한만우.

혹시나 하고 왔던 노형진은 역시라고 생각하며 입맛만 다셨다.

"그러면 혹시 호천일이라는 이름은 아십니까?"

"누구?"

"호천일요. 중국인이고 원래 보이스 피싱 사범인데, 장팔수를 포섭한 인간이라고 생각하고 있습니다."

물론 호천일이 지금도 한국에 있을 가능성은 낮다.

그럴 수밖에 없는 게, 그는 외국인이다.

당연히 범죄를 저질렀다면 한국에서 처벌을 받는다. 그리고 현행법상 그렇게 범죄를 저지른 외국인은 추방된다.

당연히 노형진도 그가 아직 한국에서 있을 거라 생각하지는 않았다.

그러나 혹시나 해서 물어본 것뿐이었다.

"호천일?"

"네. 아십니까?"

"나야 모르지."

역시나 모른다는 한만우의 말에 노형진은 머리가 지끈거렸다.

추적할 모든 길이 막혀 버린 느낌이었다.

"그런데 말이야."

"네, 말씀하십시오."

"그렇게 어린애들을 납치하면 사실 좀 뻔한 거 아닌가?"

"뻔하다니요?"

"그렇잖아. 물론 기분이야 나쁘겠지만."

하긴 당연하다면 당연하다.

한국에서 그렇게 납치한 애들을 노예로 쓰기에는 애매하다.

더군다나 입양시킬 수 있는 것도 아니다.

그 애들은 너무 어려서, 노동력으로 쓰기에도 한계가 있다.

"그거 좋은 꼴은 못 볼 것 같은데."

"그럴 것 같습니다."

"하여간 그 조직이 날아가고 그쪽이 좀 개판이라……."

"조직이라니요?"

생각지도 못한 말이었다. 조직이 있었다고?

"아, 기억 안 나? 자네가 나랑 처음 만난 게 천성계 사건이었잖아."

"그건 기억합니다."

그의 의뢰를 받아서 조직의 보스를 뒤쫓다가 천성계와 부딪혔다.

그 당시 천성계는 중국에서 아이들을 밀수해서 성 노예로 파는 일을 하고 있었고, 노형진이 그 조직을 아예 박살을 내고 천성계는 현장에서 체포당했다.

수년간 한국을 발칵 뒤집었던 범죄 조직의 거두가 잡혀가는 순간이었다.

"당연히 기억하고 있지요. 그런데 그게 이번 일과 무슨 관련이 있는데요?"

"흠, 자네는 모르나? 하긴 모를 만도 하지. 그 당시에 잡혔다가 출소한 새끼들이 뭉쳐서 뭔가 한다고 하더라고. 제 버릇 개 못 준다고 하잖아."

"그런데요?"

"그 당시에 풀려났던 애들, 다 어린애들이었잖나. 딱 보면 각 안 나와? 발정 난 개새끼들이 어디 한둘이어야 말이지."

그 말에 노형진은 멍한 표정이 되었다.

그가 한 일이었다.

그런데 잊고 있었다.

그 당시에 총까지 맞았는데 말이다.

"젠장! 내가 왜 그 생각을 못 했지?"

"난 애들만 납치한다고 하는 소리에 딱 그 사건이 생각나더만. 쯧쯧."

"도착증을 가진 새끼들에게는 관심이 없어서……. 아, 씁……."

노형진은 자신의 실수가 뭔지 알았다.

본인 입으로 오광훈에게 말하지 않았던가, 소아성애증은 치료하지 못한다고.

그 사건을 일으킨 남자.

정확하게는 중국계 조직의 지원을 받으며 한국에 진출한 남자, 천성계.

그는 실로 여러 가지에 손을 댔다.

그중에는 노인을 살해하는 병원도 있었고 장기 밀매도 있었다.

그러다가 노형진이 성 노예를 거래하는 현장을 경찰과 급습하면서 결국 잡혔다.

그리고 그 사건 이후에 중국 조직이 손을 뗀 걸로 기억한다.

그게 벌써 몇 년 전이다.

"망할. 그래서…… 그래서였어."

원래 역사에는 없었던 납치 사건, 그게 생긴 이유.

그건 노형진이 그 조직을 박살 내서였다.

아마도 원래 역사에서는 그 조직이 아동 피해자들을 중국에서 강제로 데려왔을 것이다.

실제로 그 당시에 구출된 여자들 중에는 아이들이 엄청나게 많았다.

"제가 실수했습니다. 그걸 완전히 잊어버리고 있었네요."

그들이 아이들을 밀수하던 코스는 그 사건으로 발각되었고, 말 그대로 싹 털려 나갔다.

물론 현장에서 잡혔던 대부분의 권력자들은 증거 불충분으로 풀려났지만 말이다.

경매에 참여한 것이 인신매매를 했다는 증거가 되지는 않기 때문이다.

"그렇지만 그놈들 중 상당수는 아동 성범죄자들이었지요."

그래서 그 경매장에는 아이들이 많았고 말이다.

"그런데 그놈들이 고쳐질 리 없지요."

처벌을 받아도 못 고치는 정신병이, 처벌도 안 받고 쉽게 풀려났는데 고쳐질 리 없다.

당연히 그놈들은 어떻게 해서든 다른 성 노예를 구하려고 했을 것이다.

"하지만 중국에서는 못 데리고 오고, 한국 아이들이 그렇게 대단위로 사라지면 나라가 발칵 뒤집어질 테고."

노형진은 눈을 찌푸렸다. 그러면 방법은 뭘까?

"보호받지 못하는 아이들."

법적으로 존재하지 않는 아이들.

부모로부터 떨어트리기 쉬운 아이들.

그 아이들이 그들이 찾은 새로운 공급처였던 것이다.

"염병."

노형진은 자신도 모르게 손톱을 깨물었다.

이건 전혀 생각도 못 한 일이었다.

"단순히 아동 납치 사건인 줄 알았는데……."

그래서 어디로 데리고 가서 강제로 일을 시킬 줄 알았다.

그런데 생각과는 달리 좀 많이 틀어졌다.

"그러니까, 딱 들어 보니까 딱 생각났다니까. 요즘 그쪽으로 좀 이상한 소문이 돌기도 했고."

"그게 무슨 말씀입니까?"

"자네도 알다시피 언제나 발정 난 미친놈들은 있기 마련 아닌가?"

그래서 미성년자 성 매수를 하기 위해 여기저기 들쑤시고 다니는 놈들이 분명 존재했다.

물론 한만우는 그런 더러운 놈들은 취급도 안 했지만.

"그래서 그런 애들만 찾는 놈들이 있다는 소문이 돌았어. 뭐, 술집에 미성년자라도 하나 들어오면 손님이 미어터졌다니까."

"그런데요?"

"하지만 요 근래에 그런 놈들이 다닌다는 소리를 못 들었거든. 그 새끼들이 갑자기 개과천선했을 리는 없는데 말이야."

"어디선가 공급받고 있다는 소리군요."

노형진은 상황이 한 번에 이해되자 길게 한숨이 나왔다.

"그러면 장팔수가 그들에게는 딱 맞는 존재이지요."

아동 성범죄자이니 자신들을 배신할 리 없다. 그리고 한국인이니 마음대로 움직이기도 쉽다.

"그러면 그 미친놈들이 아이들을 납치한 건가?"

"그것 말고는 이유가 없어 보입니다."

한국에서 아동을 납치해서 뭔가를 하기는 힘들다.

눈에 띄기 때문이다.

그나마 할 수 있는 게 부모에게 돈을 요구하는 정도다.

하지만 중국인 불법체류자들의 아이인지라 돈을 요구할 수도 없다.

"하지만 아이들 자체를 판매하는 것이 목적이라면 상황이 달라지지요."

거기에다 이건 한국 내에서 이루어지는 일이기에 외국에서 잡혀 올 일도 없다.

"그러면 부모들이 제대로 저항도 못 하고 추방당하는 것도 대충 이해가 되네요."

그래야 나중에 문제가 안 되니까.

"그러면 그 범인이 호천일이라는 건가?"

"그럴 겁니다."

한번 대리인이 잡혔다고 중국의 조직이 과연 한국을 포기할까?

그럴 리 없다. 돈을 벌기 위해 어떻게 해서든 올 것이다.

그리고 보이스 피싱 조직이 중국에서 작업한다는 것은 널리 알려진 사실이다.

호천일. 그가 그 일의 담당자라면 다른 것도 담당할 수 있다는 소리다.

"아무래도 그놈을 잡아야겠습니다."

노형진은 이를 빠드득 갈았다.

끼리끼리 모인다더니만

"네가 말해 준 사건에 대해 좀 알아봤다. 그런데 생각보다 자료가 별로 없던데."

"그렇겠지."

천성계 사건 당시에 현장에서 잡혔던 사람들 중에는 소위 말하는 고관대작, 현대식으로 말하면 권력자들이 많았다.

검찰과 경찰은 그들을 기소하는 데 상당한 부담을 느꼈다.

"그래서 그들에 대해서는 최대한 조사하지 않았으니까."

상식적으로 그곳에 있었다는 것 자체가 인신매매가 목적이었다는 걸 증명한다.

하지만 최대한 수사하지 않고 그들을 증거 부족으로 쉽게 넘겨 버렸다.

"그 이후에 아이들은 중국으로 돌려보내졌고."

"그래, 그런 식으로 끝났지."

노형진은 한숨을 쉬며 말했다.

그날 이후에 완전히 잊고 있었다.

어찌 되었건 납치한 아이들을 데리고 오는 라인은 박살이 났으니 그것으로 끝이라고 생각했지, 설마 한국 내부에서 소비를 감당할 방법을 찾을 줄은 몰랐다.

"망할 개자식들."

노형진은 이를 빠드득 갈았다.

"하여간 그 사건 이후에 징계를 받은 몇몇을 제외하고는 대부분 승진을 하거나 그 자리에 그대로 있어."

"그렇겠지."

그러니까 이 모든 게 감춰질 수 있었던 것이다.

"납치된 아이들이 그 인간들에게 성 노예로 공급된다고 보면 사건이 다 맞아떨어져."

오광훈은 심각한 표정으로 말했다.

"그리고 그게 농담은 아닌 것 같은 게……."

"응?"

"그 사건을 열람하니까 부장검사가 찾아오더라고. 오래된 사건인데 그걸 왜 보냐고."

이미 종결 처리되었고 이제는 수사할 필요조차 없는 사건이다.

그걸 누군가가 본다고 해서 바뀌는 것은 없다.

그런데 오광훈이 그걸 봤다는 걸 귀신같이 알고 부장검사가 불렀다는 것.

"그 사건에 관련해서 누군가 알아보는 게 불편하다는 거군."

"그런 모양이야. 그렇지 않다면 그렇게 조심스럽게 다가올 리 없지."

"망할."

결국 그 소아성애증을 가진 놈들이 아직 높은 자리에 있다는 방증이나 마찬가지다.

"일단 상황은 대충 이해가 갔어. 중요한 건, 이 상황에서 어떻게 그 아이들을 찾느냐야. 현 상황에서는 내가 수사를 시작하는 순간 그쪽으로 정보가 흘러들어 간다고 봐야 해."

지금까지는 노형진이 비공식적으로 한 것이니까 그럭저럭 상대방을 속일 수 있었다.

하지만 오광훈이 끼어들기 시작하면 그건 공식적인 수사가 시작된다는 소리다.

"얼마 전에는 미국에서 이러더니 한국에서도 이러냐?"

착잡한 표정으로 중얼거린 오광훈은 진지한 눈빛으로 노형진을 쳐다봤다.

"어떻게 할 생각이냐? 이건 미국에서보다 훨씬 불리한 상황이야. 미국에서는 최소한 너를 도와주는 사람이 있었어. 하지만 사회적으로 보면 지금 너를 도와줄 사람은 없어. 무슨 뜻인지 알지?"

"알아. 내가 움직이면 그쪽도 바로 움직이겠지."

아마도 아이들을 어디론가 대피시킬 것이다.

"아이들을 사 간 놈들이 집에다가 감금시켜 놨을까?"

"그럴 가능성은 낮다."

현대는 아파트 문화다. 특히나 잘사는 사람들은 다 아파트에 살고 있다.

아예 시골에 자기 땅이 없는 이상에야 도시 내부에 자기 주택을 가진다는 것은 상당한 사치이고, 아파트는 아무리 노력해도 사설 감옥 같은 건 못 만든다.

"아마도 호천일 그놈이 관리할 거야. 한번 판매하려고 하다가 털렸으니 그 위험을 막기 위해서라도 한곳에서 감시하고 있겠지."

전처럼 아이를 판매하는 게 아니라 아이들에게 강제로 성매매를 시키고 있을 가능성이 높다.

"결국 돌고 돌아서 원점인데. 그 천성계라는 놈한테 물어보면 안 돼?"

"나도 그러고 싶지."

노형진은 씁쓸하게 웃었다.

그 또한 그놈 멱살을 잡고 다 알아내고 싶다.

아니, 손만 잡아도 다 읽어 낼 수 있다.

하지만 그건 어디까지나 살아 있을 때의 이야기다.

이것이 법이다

"그 녀석 죽었어."

"뭐? 누구한테?"

"감옥에서 조선족에게."

"미친."

"뻔하지."

천성계가 나불거릴 것을 우려한 조직에서 그를 죽여 버린 것이다.

그리고 그 때문에 모든 추적의 길이 끊어져 버렸다.

"그 이후에는 다른 소식은 없었으니까, 지금까지는."

노형진은 걱정스러운 얼굴로 말했다.

"호천일은 이미 공식적으로 중국으로 쫓겨났어."

"밀입국 정황은?"

"애석하게도 없어."

"결국 그 녀석도 높은 직급은 아니라는 거군."

물론 보이스 피싱과 여러 가지 일의 책임자로 오기는 했지만, 문제가 생기면 바로 빼돌리는 방식으로 바꾼 모양이었다.

아마도 노형진에게 여러 번 털린 것이 문제가 된 것 같았다.

"그러면 호천일을 찾는 건 의미가 없겠군."

"그렇겠지."

오광훈은 노형진의 말에 눈을 감고 해결책을 정리하기 시작했다.

하지만 이내 입에서 튀어나온 것은 욕뿐이었다.

"니미 씨발. 그 애들이 어디에 있는지는 알아야 구조를 하든가 하지."

"아마도…… 경기도권이나 인천권일 거야."

"그걸 어떻게 알아?"

"그 당시에 내가 그 당사자들을 봤으니까."

물론 대부분은 익명으로 행동했지만 말이다.

"대한민국에서 권력이 있는 사람들은 대부분 서울에 있지. 반대로 말하면, 그들에게 성적인 뭔가를 제공하려면 그들이 움직이기 쉬운 곳에 있어야 한다는 거야."

노형진은 차분하게 머리를 정리했다.

현 상황에서 흥분해 봤자 바뀌는 것은 없으니까.

"현 상황에서 우리가 그 인신매매 업자라고 생각해 보자고."

천성계가 잡혀가면서 그들은 더 깊숙한 곳으로 숨어들었다.

더 이상 외부에 아이들을 보여 줄 수는 없다.

한번 소탕당했으니까.

그 사건 이후에 고객들도 집에 아이들을 두는 것을 꺼릴 것이 뻔하다.

"그러면 방법은 두 가지가 가능하지."

하나는 고객들이 직접 오는 것.

그게 미국에서 블랙우드가 했던 방식이다.

"하지만 추적당할 가능성이 있지. 그리고 나머지 하나는, 직접 데리고 가는 것."

추적도 쉽지 않고, 안전하며, 걸린다고 해도 소수의 사람들만 걸리고 끝이다.

"아마도 나라면 후자를 고를 거야."

미국 같은 경우는 도박장을 같이 했기 때문에 어쩔 수 없이 전자의 방식으로 운영해야 했다.

하지만 이들은 그런 위험을 감수할 필요가 없다.

도리어 보안이 우선이다.

"흠……."

자신을 감추려고 하는 자들.

그들은 아이들을 데리고 서울까지 왔다 갔다 하는 것을 선택할 것이다. 그래야 안전하니까.

노형진은 그 모든 가능성을 생각하다가 문득 한 가지를 간과하고 있다는 것을 깨달았다.

"장팔수."

"그놈은 왜? 그놈이 그 패거리인 건 알잖아."

"그렇지. 그놈은 그 패거리라고 봐야 해. 하지만 그래서 더 이해가 가지 않아."

"그게 무슨 소리야?"

"장팔수가 왜 필요하지?"

"응?"

"장팔수가 왜 필요하냐고. 내가 말한 모든 조건에는 장팔수라는 존재가 필요 없어."

운전할 사람이 필요한 걸까? 하지만 운전면허증을 따는 건 어려운 일이 아니다.

외국인이라고 해서 운전면허증을 못 따는 것도 아니고.

그렇다면 직접 일을 할 사람이 없어서?

그들은 중국인이다, 전 세계에서 인구가 가장 많은.

그들이 사람을 못 구해서 장팔수를 포섭한다는 것은 논리적으로 말이 안 된다.

"그런데 왜 장팔수가 필요했을까?"

"어, 그리고 보니 그러네."

사건 자체는 장팔수를 추적하면서 시작된 것이지만 정작 장팔수라는 존재 자체는 이런 일에 하등 쓸모가 없는 인간이다.

"그의 이름으로 건물을 빌린 걸까? 하지만 전산에는 기록이 없는데."

"전산에는……."

노형진은 자신들의 맹점이 뭔지 알았다.

전산을 기준으로 판단했다.

"하지만 전산에 올리지 않는다면?"

"응? 그게 무슨 소리야?"

"어떤 집을 빌린다고 했을 때, 월세나 전세로 빌리고 전입신고를 하지 않는다면?"

"어…… 그러면 전산에 기록이 안 남지."

그래서 부동산 업자들은 꼭 전입신고를 하라고 하는 것이다.

전산 기록을 남겨야 나중에 보증금을 찾을 수 있으니까.

"일반적으로 한국 사람들은 중국인에게 뭔가를 빌려주거나 하는 걸 꺼려. 아예 팔면 모를까. 특히 시골이라면 더 그런 면이 있지."

"시골?"

"그래, 별장지 같은 거 말이야."

"단순히 명의를 얻기 위해 장팔수를 이용한다고? 그건 아닌 것 같은데."

"흠, 하긴. 단순히 명의만의 문제는 아닌 것 같다."

노형진은 곰곰이 생각하다가 자리에서 벌떡 일어났다.

"이건 장팔수에 대해 잘 아는 사람에게 물어봐야겠어."

"그게 누군데? 가족도 없는데."

"누구보다 그에 대해서 분석하고 있는 사람이 있지."

⚖️

노형진은 다시금 정혜원을 찾아갔다.

정혜원은 상당한 시간이 걸려서야 나타났다.

"미안합니다. 밖으로 나올 수 있는 시간을 제 마음대로 할 수 있는 게 아니라서요."

"아닙니다. 시간이 없으니 단도직입적으로 말하지요. 장팔수 직업이 뭡니까?"

"네? 그건 뜬금없이 왜?"

"저희가 추적한 사건은 이렇습니다."

노형진은 자신들이 알아낸 것을 차분하게 정혜원에게 말해 줬다.

그 이야기를 들으면서 정혜원은 심각한 표정이 되었다.

"그 사건은 저도 뉴스에서 봤어요. 그게 노형진 변호사님 솜씨인 줄은 몰랐지만요."

"중요한 건 그게 아닙니다. 중요한 건 호천일이 왜 장팔수를 끌어들여야 했느냐는 겁니다. 중국인 패거리가 있고 어지간한 건 다 처리할 수 있었습니다. 굳이 장팔수가 필요 없었다는 거지요. 그런데 호천일은 장팔수를 지켜 주면서까지 포섭했습니다."

노형진은 그들이 장팔수에게 아이들을 건드릴 기회를 줬다고 생각했다. 그래서 장팔수가 넘어갔을 거라고 말이다.

"그런데 이런 일에서 상품에 손대는 것은 아주 특수한 경우거든요."

"상품이라니, 듣기 좋은 말은 아니네요."

"미안합니다. 표현이 좀 격했군요. 하여간 아이들에게 손대는 걸 허락하면서까지 장팔수를 데리고 간 이유가, 저는 이해가 가지 않습니다."

장소희의 다중 인격에만 신경을 쓴 나머지 정작 장팔수라는 존재는 너무 무심하게 생각한 실수였다.

"그리고 그걸 안다면 저희가 추적할 수 있을 거라 생각합니다만."

정혜원은 잠깐 생각에 잠겼다. 하지만 이내 고개를 흔들었다.

"그는 그냥 평범한 회사원이었습니다. 그들에게 도움이 될 만한 기술은 가지고 있지 않습니다."

"그런데 왜……?"

장팔수라는 존재는 왜 필요한 걸까?

명의 때문이라기엔 이유가 너무 약하고, 그가 가진 전문기술이 필요한 것도 아니다.

그렇다고 해서 장팔수가 비밀을 알고 있는 것도 아니다.

감옥에서 보호해 주면서까지 그를 포섭할 이유는 없다.

"그건 아무래도 저보다는 본인에게 물어보는 게 좋겠네요."

"본인에게 물어봐요?"

"장팔수는 장소희 인격의 아버지입니다. 쉽게 말해서, 장팔수에 대한 기억은 제가 아니라 장소희가 가지고 있다는 소리지요."

"그런가요?"

"네, 제가 그에 대해 아는 건 제삼자의 기억을 넘겨받은 것뿐입니다. 사실 노 변호사님과 그다지 다르지도 않은 셈이지요."

"으음……."

"다만 장소희의 본체가 언제 나올지는 모르지만요."

첩첩산중이라더니 지금이 딱 그 짝이었다.

"가능하면 빨리 나오기를 기다려야겠군요."

노형진은 씁쓸하게 웃을 수밖에 없었다.

다행히도 장소희의 인격은 생각보다 빨리 나왔다.

빨리라곤 해도 무려 사흘이나 걸렸지만.

"아빠에 대한 기억은……."

명백하게 불편해하는 장소희.

사전에 이미 이야기를 들었지만 그 당시 이야기를 한다는 것 자체가 불편한 모양이었다.

"장소희 씨가 도와주셔야 합니다."

"알고 있어요. 혜원이 언니가 편지에 남겼어요. 상처를 극복하고 그 사람의 접근을 차단하려면 노 변호사님을 도와야 한다고요."

"언니?"

"적당한 호칭이 없어서……."

우물쭈물하던 장소희는 심호흡을 하고는 입을 열었다.

"아마…… 의사 선생님은 말해 주지 않으셨을 거예요. 이건 개인적인 부분인지라……."

"의사에게는 환자의 비밀을 보호해야 하는 의무가 있지요."

실제로 의사가 노형진에게 알려준 정보도 정혜원이 인정한 부분뿐이지 새로운 건 없었다.

　"아버지는……."

　입술을 꾹 깨문 장소희. 그녀는 힘들게 말했다.

　"저한테…… 성매매를 시켰어요."

　"네?"

　노형진은 그 순간 자신의 귀를 의심했다.

　"그게 지금 무슨 말씀이지요? 아니, 그러니까, 어, 그러니까……."

　"네…… 말하기 좀 그렇지요? 맞아요. 아버지는 소아성애자들에게 절 팔았지요."

　입술을 깨물며 말하는 장소희.

　"가끔…… 아버지 '친구'라는 분들이 왔어요. 그리고……."

　"아…… 더 이상 말씀하지 않으셔도 됩니다."

　노형진은 장소희가 힘들어하자 더 이상 말하지 말라고 했다. 그런 막장 인간이라면 더 들을 것도 없으니까.

　'하지만 이상한데.'

　노형진은 말이 안 된다는 생각이 들었다.

　'그게 가능한가?'

　끼리끼리 모인다는 말이 있다.

　같은 성향의 사람들끼리 모이는 거야 당연한 일이다.

　하지만 그건 어디까지나 외부적으로 드러내도 상관없는

것들 기준이다.

취미나 성향 같은 거 말이다.

오덕이라고 욕해도 그게 불법은 아니니까 그들이 모일 수 있는 거다.

'하지만 이건 완전 불법인데.'

불법 정도가 아니라, 알려지면 사회적으로 그냥 매장되는 거다.

그런데 그 '친구들'을 데리고 와서 딸에게 성매매를 시켰다고?

'그게 가능할 리 없는데.'

무슨 카페가 있는 것도 아니고, 그렇다고 그들이 모이는 단체 같은 게 있을 리 없다.

실제로 그런 단체라는 것은 단 한 번도 들어 본 적이 없다.

그런 단체가 존재한다면 아마 경찰이 눈에 불을 켜고 잡으려고 덤빌 테니까.

"그냥 친구라고 하던가요?"

"네, 그냥 친구라고……."

하긴 그 미친놈이 그런 걸 자세하게 이야기해 주었을 리 없다.

"혹시 그들을 어디서 만났는지에 관해서는요?"

"전혀 없었어요."

"음, 혹시 회사에서 만났다거나……."

그것 말고는 접점이 없어 보였다.

하지만 장소희는 고개를 흔들었다.

"그 사람은 집에서 일했어요. 프리랜서 프로그래머였어요."

"네? 프리랜서 프로그래머요?"

"네, 집에서 외주받아서 프로그램을 짜 주는……."

순간 노형진의 얼굴이 와락 일그러졌다.

모든 의문이 풀리는 시점이었다.

⚖️

"다크 웹. 아마 그놈은 그쪽 전문가일 거야."

노형진은 오광훈과 진지하게 이야기를 하고 있었다.

노래방 안은 조용했다.

혹시 몰라서 보안을 위해 일부러 랜덤하게 노래방을 골라 들어왔다.

그만큼 관련자들이 많을 수도 있으니까.

"다크 웹? 전에 말한 그거?"

"그래, 우리 쪽에도 전문가가 한 명 있지."

다크 웹. 사람들에게 공개되지 않은 폐쇄적인 인터넷.

그곳에 접속하는 건 절대 쉬운 일이 아니다.

검색에는 절대로 안 나오고, 정확한 주소를 알고 있어야 하며, 관련 프로그램이 있어야 접속할 수 있다.

"그런데 그런 다크 웹은 온갖 범죄의 온상이지. 실제로 그 안에서 인신매매도 몇 번이나 있었고 그걸 해결하기도 했으니까."

"그럼 장팔수는 그쪽 전문가다?"

"그래. 그리고 지금 호천일과 중국 조직 쪽은 시스템이 바뀌었어."

과거에 한 명씩 비싸게 파는 방식에서, 따로따로 데려다주는 걸로 말이다.

"그러면 아무래도 금전적으로 손실이 생기지."

먹여 주고 재워 주고 입혀 줘야 한다.

숙소도 제공해야 하니까 컨테이너 같은 곳은 안 된다.

더군다나 누군가 부르면 그의 취향에 맞게 꾸며 줘야 한다.

"그리고 그런 성매매 형태가 되어 버리면 아무래도 버는 돈이 적어지지."

사려고 하는 놈은 있을 것이다.

하지만 이건 아주 더러운 범죄행위.

그러니 그걸 대놓고 표현할 수 있는 사람은 없고, 새로운 손님을 찾는 것은 어려운 일이다.

"미친 성범죄자들이 자신이 범죄자라고 드러내고 다니지는 않으니까."

"결국 추가로 돈을 벌 방법이 별로 없다는 거네?"

오광훈은 조폭 출신답게 노형진이 말하는 게 뭔지 바로 알아들었다.

"그래, 그게 중요하지. 너도 알 거야, 성매매라는 것은 기본적으로 다수의 손님이 필요하다는 걸."

한정된 사람들만 다니는 업종은 몰락할 수밖에 없다.

더군다나 돈이 많이 들어가면 더더욱 말이다.

"그러니 추가로 손님을 구해야 해. 하지만 그게 쉬울까?"

그럴 리 없다. 홍보할 수는 없는 노릇이니까.

"하지만 다크 웹에는 그런 놈들이 모여 있지. 장팔수는 그 안에 속해 있고."

다크 웹에 접속하는 방법만 안다고 해서 거기에 들어갈 수 있는 게 아니다.

그런 놈들이 모이는 집단은 극도로 폐쇄적일 수밖에 없다.

당연히 누가 들어간다고 해도 쉽게 받아 주지도 않거니와, 받아 준다고 해도 몇 년간 믿지 않는다.

"하지만 장팔수는 그 미친놈들에게 자기 딸을 팔아먹은 놈이야."

즉, 그 안에서 신뢰를 받고 있다는 소리다.

당연히 그 폐쇄적인 공간에서 다른 자들을 포섭할 수가 있다.

"다크 웹에 접속할 수 있고 그들 내부에 들어갈 수 있다면? 그 안에서 손님을 끌어올 수 있겠지."

"더럽군."

노형진의 말에 오광훈은 눈을 찌푸렸다.

자신도 범죄를 저지른 범죄자 출신이지만 이 정도로 나락에 떨어지지는 않았으니까.

"그러면 그 장팔수를 잡으면 한국에 있는 성범죄자들이 줄줄이 딸려 나오겠네."

"그렇겠지."

노형진은 고개를 끄덕거렸다.

그러자 오광훈은 미간을 찡그리며 생각에 잠겼다.

"그러면 그 장팔수를 찾는 것부터 시작해야겠군. 하지만 여전히 문제가 있는데. 그놈이 어디에 처박혀 있는지 알 수가 없단 말이지."

"어디에 있는지는 알 수가 없지."

오광훈의 반응에 노형진은 어깨를 으쓱했다.

"하지만 뒤져 볼 만한 장소는 알고 있어."

"음?"

"그쪽에 전문가가 있다지만 이쪽에도 전문가가 있으니까."

그것도 훨씬 실력이 좋은 전문가가 말이다.

♎

"이놈들인 것 같은데요?"

이수종은 노형진의 말을 듣고 의심스러운 사이트를 찾기 시작했다.

그리고 제법 시간이 지나고 나서야 그 사이트를 찾을 수 있었다.

"이곳에 접속하느라 시간이 오래 걸렸어요. 이놈들 아주 꽁꽁 숨어 있더라고요."

"확실한 거야?"

"확실하지는 않아요. 소아성애자 모임이 의외로 많거든요."

"미친……."

"다만 이곳은 다른 곳과 다르게 일종의 거래가 이루어지는 흔적이 있어요."

일반적으로 소아성애증이 있는 놈들에게 거래되는 것은 아이들의 사진 같은 거다.

"하지만 여기서 벌어지는 거래는 확연하게 다르더라고요."

"어떻게 확신해?"

"주소가 들어가더라고요."

"주소?"

"네, 일반적으로는 지역별로 호텔이나 모텔 같은 것으로."

"무슨 뜻인지 알겠네."

그런 곳의 주소가 들어간다는 것은 누군가를 거기로 부른 다는 소리다.

사진 같은 건 주소로 보낼 필요가 없으니까.

"현재 한국어로 되어 있는 사이트 중에서 거래가 이루어지는 곳은 이곳뿐이에요."

이수종은 사이트를 넘기며 말했다.

그 사이트에 있는 사진들과 그 아래에 붙어 있는 나이들.

"여기에 있는 아이들도 노 변호사님이 말씀한 사건들과 비슷한 경향을 보여요. 6세에서 14세 사이의, 보통 중국이나 동남아 쪽 계통의 아이들이에요. 종종 러시아 계통의 아이들도 좀 있고요."

"다 불법체류자가 많은 나라들 출신이군."

"네. 그리고 사진을 올리는 놈은 '럭셔리88'이라는 계정을 쓰는 놈뿐이구요."

이수종은 그렇게 말하면서 그가 쓴 글을 검색해서 화면에 띄웠다.

"그 럭셔리88이 옛날에 쓴 글을 찾았어요. 눈에 익지 않아요?"

웃고 있는 어린 여자아이.

비록 노형진이 아는 모습과 좀 다르기는 하지만 어릴 때 사진이라는 걸 감안하면 충분히 비슷하다고, 아니 똑같다고 할 수 있었다.

"장소희군."

"네. 이 안에서 럭셔리88은 제법 인기가 많아요."

"그렇겠지."

유일한 공급책이니까.

"더러운 새끼."

사진을 보면서 오광훈은 손을 꽉 쥐었다.

"나한테 걸리면 일단 흠씬 두들겨 패고 시작한다. 미친 새끼, 자기 딸을 팔아먹어?"

"미친놈이니까. 일단 중요한 건 그놈을 찾을 수 있느냐야."

노형진은 걱정스럽게 말했다.

"가입 정보를 확인할 수 있어?"

"아니요. 애석하게도요."

가입 자체는 아예 익명이다.

활동 자체도 익명이다.

자신에 대한 그 어떤 개인 정보도 기입하지 않는다.

혹시나 경찰이나 다른 조직에 감찰당할 가능성을 생각하고 있을 게 뻔하니까.

"서버는?"

"서버는 일본 쪽으로 추정되고 있어요. 한국 법으로 서버를 털 수는 없어요."

"그러면 특정할 만한 거 없을까? 이대로 그냥 의심만 할 수는 없잖아."

사진으로 특정하자니, 아이들의 사진은 모조리 회색의 벽을 배경으로 찍혀 있다.

즉, 어딘가 감금된 곳에서 나란히 줄을 세워서 찍었다는 소리다.

그런 상황이라면 장소를 특정하는 것은 불가능하다.

"접속 IP 같은 거는 없어?"

"애석하게도요. 없는 건 아니지만, 루마니아가 나오더라고요."

"루마니아?"

"그놈, 프로그래머라면서요? 그런 놈이 이런 사이트에 접속할 때 자기 집 IP를 쓸 리 없지요. 그놈이 쓴 글을 보면 주소가 제각각이에요. 어떤 때는 루마니아, 어떤 때는 벨기에, 어떤 때는 독일. 회선을 우회해서 추적을 막는 건 기본이니까요."

노형진은 침음성을 흘렸다.

그런 상황이라면 잡는 것도 힘들어지니까.

"하지만 제가 누굽니까?"

"누구긴, 흑염룡이지."

"아, 씁. 그건 좀 그만하시라니까. 치기 어린 시절에 지은 닉이라고요."

"그래도 흑염룡은 흑염룡이지."

"제가 찾은 정보 안 드립니다."

눈을 찌푸리는 이수종.

노형진은 그런 그의 어깨를 주물럭주물럭하면서 풀어 줬다.

"야, 야. 농담이야, 농담. 뭐 쓸 만한 거 있어?"

"쓸 만한 걸 찾았지요. 럭셔리88 그 미친놈은 아니지만, 이 미친놈들이 후기를 올리더라고요."

"헐."

물론 이런 많은 성매매 사이트에서 후기를 통해 손님에게 홍보를 하기는 한다.

하지만 이런 곳에서까지 그럴 줄은 몰랐다.

"그게 중요한 건가?"

"중요하지요. 후기에는 시간이 붙거든요."

"뭐?"

"많지는 않지만요. 부른 시간과 대략적인 도착 시간이 나와요."

노형진은 눈을 크게 떴다.

시간을 알 수 있다는 것은 거리를 알 수 있다는 거다.

그리고 이수종의 말에 따르면, 아이를 부르기 위해 호텔이나 모텔의 주소를 올렸다고 했으니…….

"거리가 어느 정도 떨어져 있는지 알 수 있겠군."

"네. 그래서 제가 대충 시간을 잡아 봤어요. 접수를 받고 가는 시간을 따져서요."

다행히도 이 사이트에는 쪽지 기능이 없었다.

결국 글을 써서 주문하는 형태의 구조가 된다.

"대충 보면 과천 정도 되는 것 같아요."

여러 지역에서 거리를 재 보고 도착 시간을 감안했을 때, 그들이 출발한 장소는 과천과 가깝거나 과천일 가능성이 높다고 했다.

"과천에는 아직 개발되지 않은 곳이 많으니까요."

"과천이라…….."

확실히 과천에는 아파트가 많지만 그렇다고 해서 숨을 곳
이 아주 없는 것은 아니었다.

과천에도 충분히 숨을 만한 주택은 많다.

"정확하게 말하면 막계동 쪽인 것 같아요."

"막계동? 하지만 거기 서울대공원 그쪽 아니야? 거기에
숨어 있을 리가!"

오광훈은 말도 안 된다는 듯 고개를 갸웃했다.

그러나 옆에서 노형진은 긴 한숨을 쉬었다.

"이 새끼들, 머리 썼네."

"그게 무슨 소리야? 막계동이 왜 머리 쓴 거야?"

"막계동은 서울대공원이 위치하고 있기는 하지만 전부가
서울대공원은 아니야."

당연하게도 막계동에도 대공원이 아닌 지역이 일부 존재
한다.

"그 일부는 그다지 개발되지 않았어. 서울대공원이라는
거대한 공간이 있으니 재개발하기에는 공간이 부족하거든."

"그런데?"

"그래서 서울에서 가깝지만 정작 개발이 그다지 잘된 곳은
아니야. 그리고 면적이 작다는 것은 인구가 적다는 뜻도 되
지."

더군다나 서울대공원은 오로지 유동 인구만으로 돌아가는
거대한 사업체다. 쉽게 말해서 막계동은 서울대공원으로 시

작해서 서울대공원으로 끝난다고 봐도 무방하다.

"그렇다 보니 치안이 좀 많이 약하지."

"아하!"

치안이 중요한 이유는 그 지역에 살고 있는 사람들의 보호를 위해서다.

하지만 막계동은 그 지역 내에 살고 있는 사람이 다른 지역보다 훨씬 적을 수밖에 없다. 서울대공원이 거의 대부분을 차지하고 있으니까.

"사람이 살 곳이 충분하지 않으니 결국 거주 인구가 많지 않아."

거주 인구가 없으니 상업도 거의 발전되지 않았고 돈 쓸 만한 곳이 없으니 도시 자체도 발달하지 않았다.

서울과 아주 가깝지만 치안도 약하고 사는 사람도 별로 없는 동네.

"숨어 있기에는 아주 좋지."

그런 곳에 숨어 있다면 의심하는 사람도 별로 없을 것이다.

"하지만 그런 곳에 아이들을 다 데리고 있을 만한 공간을 가진 건물이 많지는 않을 텐데?"

오광훈의 말에 노형진은 고개를 끄덕거렸다.

"보통은 그렇지. 하지만 말이야, 막계동에는 의외로 공장이 많아."

서울에서 가깝다. 상대적으로 가격이 싸다.

물론 서울대공원이 존재하는 이상 재개발은 꿈도 꾸지 못할 일이기는 하다.

그러나 만들어서 서울에 납품한다면, 막계동은 절대로 나쁜 선택이 아니다.

"거기에다 드문드문 있으니 그들이 서로 감시하는 것도 아니고."

막계동은 서울도 경기도 쉽게 갈 수 있는 위치다.

"막계동을 털어 보면 뭐든 나올지도 모르겠군."

"네, 제 생각은 그래요. 시간을 봐서는 그곳 말고는 답이 안 나와요."

이수종의 말에 노형진은 고개를 끄덕거렸다.

"과연 어딘지, 한번 뒤져 보자고."

막계동을 뒤지는 것은 어려운 일이 아니었다.

일단 대공원이라는 공간을 완전히 배제하고 그나마 사람들이 사는 지역 역시 배제했으니까.

그리고 남은 곳은, 진짜 서울과 밀접한 곳이라고는 보이지 않을 정도로 허름한 곳이었다.

"저곳을 어떻게 찾은 거야?"

오광훈은 신기하다는 듯 말했다.

그는 찾고 싶어도 방법이 없어서 각 공장마다 사람을 보내야 하나 싶었는데 말이다.

"네가 말한 것처럼 각 공장마다 사람을 보냈으면 저 미친 놈들이 벌써 알아채고 튀었겠지."

"그건 그래. 하지만 넌 찾는다는 말도 없었잖아?"

노형진은 씩 웃었다.

"설마 저놈들이 배달을 시키겠어?"

"응? 배달? 아……."

"그래. 마트마다 사람을 배치시켰지."

마트에 물건이 아무리 많아도 사람들이 사는 양은 한정되기 마련이다.

보통 한 가족이 먹을 정도의 양을 사지, 공장에서 먹을 정도의 양을 사지는 않는다.

"일반적으로 공장에서 뭘 먹어야 한다면 외부 공급 업체를 이용해. 그게 더 싸거든. 하지만 우리 예상이 맞는다면 놈들은 배달을 시킬 수가 없어."

그러니 자기들 스스로 사야 한다.

그리고 그 정도 양을 사려면, 한두 명으로는 안 된다.

"여러 사람들이 몰려다니면서 중국어로 떠들면서 어마어마한 양의 물건을 사는 경우가 많을까?"

"별로 없기는 하겠네."

"그래, 별로 없지."

하지만 그런 사람들이 마트에 나타났고, 노형진은 그들을 따라 이곳까지 온 것이다.

"일단 이곳에 대해 확인을 해 봤어. 부동산 말로는 임대되어 있다고 해."

임대되어서 누군가 사업을 한다.

그건 딱히 이상하지 않다.

"하지만 지금 시간에 아무도 없잖아."

공장 입구는 굳게 닫혀 있고 다니는 사람도 없다.

보이는 것은 두 대의 승합차뿐이다.

그것 말고는 다른 사람들은 전혀 보이지 않는다.

"아마도 저 안에 아이들이 있겠지."

공장은 여러모로 많은 사람들이 머물기 좋은 구조다.

입구가 크기 때문에 그곳에 컨테이너 몇 개만 가져다 두면 방처럼 쓸 수 있다. 아이들이 도망가려 한다 해도, 입구가 하나뿐이니 거기만 잘 지키면 된다.

"그리고 이 주변에는 감시하는 사람도 있고."

노형진은 입구에서 담배를 피우는 경비원을 보면서 말했다.

점심시간에 담배를 피우는 경비원의 모습은 이상한 게 아니다.

하지만 점심시간에 밖으로 나오는 사람이 아무도 없다는 것은 확실히 이상한 일이다.

"당장이라도 저기를 습격할까?"

오광훈은 주머니에서 뭔가를 스윽 꺼내 들었다.

노형진은 그걸 보고 질려 버렸다.

"야! 그건 너클 아냐? 그게 주머니에서 왜 나와?"

"응? 아, 이거? 지난번에 총질 좀 했더니 총 쓰지 말래."

"미친놈."

하긴 검사는 특수한 경우가 아니면 총을 쓰면 안 된다.

그래서 특수한 경우라고 총을 줬더니, 오광훈은 사방에 갈겨 댔다.

'차라리 총이 낫지 싶은데.'

최소한 총은 대놓고 쏘지는 않는다. 위협용이다.

하지만 너클이라니.

"일단 강냉이 한 세 개쯤 털고 시작하자."

"그거 치워라. 나중에 큰일 치르지 말고."

"쳇."

툴툴거리면서 그걸 다시 주머니에 넣는 오광훈.

"그러면 저놈들을 어떻게 할 거야? 그냥 덮치면 나와서 개싸움 할 텐데."

"그러겠지."

노형진은 고개를 끄덕거렸다.

그리고 그런 경우 여러 가지 문제가 생길 것이다.

"지난번에 보니까 일부지만 총기도 가지고 있고."

저들의 배후에 그때 그 조직이 있다고 본다면 당연히 총기가 있을 것이다.

총격전을 벌이게 되면 사상자가 나올 수도 있다.

"이럴 때는 각개격파를 해야지."

"각개격파?"

"그래, 최고의 무기는 각개격파야."

"하지만 무슨 수로? 나오라고 한다고 해서 저 애들이 나올까?"

오광훈은 미심쩍은 표정으로 말했다.

바보가 아닌 이상에야 저들이 따로 나올 리도 없고, 나온다고 한들 연락이 안 되면 당연히 의심할 것이다.

"저들이 나올 수밖에 없는 방법이 있지, 후후후."

노형진은 눈을 반짝이며 말했다.

⚖

"해킹요?"

"그래. 해킹 가능해?"

"가능하지요."

이수종은 고개를 끄덕거렸다.

노형진이 부탁한 것은 다름 아닌 그 사이트에 들어가서 글을 써 달라는 것.

"기본적으로 익명으로 글을 쓰니까."

물론 비회원이 글을 쓸 수 있는 구조는 아니다.

전자상으로만 인증을 하지 않을 뿐, 다른 방법으로 인증해서 그 닉네임이나 아이디를 쓸 수 있게 해 놨을 것이다.

그 인증 방법은 오프라인이거나 메일 등을 통해 자료를 보내는 것일 테고.

"하지만 해킹해서 그 아이디로 글을 쓰는 건 가능하지?"

"가능하지요."

이수종은 고개를 끄덕거렸다.

대화를 듣던 오광훈은 고개를 갸웃했다.

"이해가 안 가는데. 그렇게 찾기 힘든 사이트가 그렇게 해킹에 취약하다고?"

일반인 입장에서는 이해가 안 가는 상황이었다. 하긴 보통은 찾기 어려운 곳은 보안이 철저하다고 생각하니까.

오광훈의 말을 들은 이수종이 피식 웃으며 입을 열었다.

"보통 그렇게 생각하지요. 하지만 도리어 이런 사이트들이 보안은 약해요."

"어째서?"

"일단 찾기 힘드니까요. 해커들은 일종의 관종 같은 놈들이 많거든요."

"관종?"

"자신의 능력을 자랑하고 싶은 거지요."

그래서 그런 놈들은 사람들이 많이 쓰는 곳을 해킹해서 자랑하려고 하지, 이런 곳을 털려고 하지 않는다.

털어서 신고할 수도 있겠지만, 불법적인 해킹을 하는 사람들 중에서 그 정도 정의감을 가지고 있는 사람이 얼마나 되겠는가?

  "더군다나 숨어 있다는 것 자체가 보안이니까요 알지도 못하는데 누가 오겠어요?"

  그래서 그들은 보통 해킹에 그다지 신경을 쓰지 않는다.

  더군다나 보안이라는 것은 기본적으로 돈이 무지막지하게 든다. 한국은 보안에 대해 좀 많이 무심해서 그렇지, 다른 나라의 IT 기업들은 수십억 원씩 써서 보안을 유지한다.

  "그런데 제가 좀 보니까 사이트 자체도 거의 일반적인 무료 웹 기반이고 보안도 그런 것 같더라고요. 무료 보안 수준이야 뻔하니까."

  그렇게 말하며 어깨를 으쓱하는 이수종.

  "더군다나 사이트 자체가 음지의 사이트다 보니 별다른 수익 수단도 없고요."

  "그게 중요한가?"

  "중요하지요. 이런 사이트를 자기가 돈 내고 관리하는 놈은 없으니까."

  물론 무료 인터넷 사이트를 만들기 위해서는 돈이 필요하다.

  하지만 그런 자금이야 얼마 되지 않는다.

  그에 비해 보안은 전혀 다른 문제다.

"숨겨져 있으니까 도리어 보안이 약하다라……."

"네. 그러니 해킹해서 계정 정보를 알아내는 건 그다지 어렵지 않아요. 하지만 그렇다고 해도 개개인의 정보를 알아내는 것은 무리예요. 전에도 한번 이야기했지만 개인 정보는 전혀 없어요."

고개를 흔드는 이수종.

하지만 노형진이 원하는 건 그게 아니었다.

"그건 나도 알고 있어. 우리가 노리는 건 그들이 안에서 나오는 거야."

"네?"

"계정이 해킹당했다는 걸 그들은 모르니까. 그걸 이용해서 그들을 모두 현장에서 불러내는 거지."

"현장에서? 아하! 그렇군요. 이쪽은 지금 찾아오는 방식으로 운영하고 있으니까."

"그래. 그리고 이 미친놈들이 애들만 보낼 리 없지."

더군다나 이곳은 차량이 아니면 안으로 들어갈 수도 없는 동네다.

이곳으로 다니는 버스도 없으니까.

"만일 다수의 콜이 동시에 떨어진다면?"

"그놈들이 다 애들을 데리고 나오겠군."

오광훈은 노형진이 노리는 게 뭔지 알아차리고는 실실 웃었다.

"그리고 그만큼 남아 있는 숫자가 줄어들 테고 말이지. 아니, 아예 텅텅 빌 거야."

"어떻게 알아?"

"이런 사업을 하는 놈들은 기본적으로 강제로 잡아 두는 애들이 조직원들보다 많지."

그리고 누군가 부르면 그 애들을 데리고 가는 것이다.

"한꺼번에 많이 부르면 그들은 어쩔 수 없이 일대일로 갈 수밖에 없을 거야. 그러면 거기에 남아 있는 건 정말 최소한의 인원이겠지."

그들에게 무기가 있을지도 모른다.

하지만 무기는 혼자서 작동하는 게 아니다. 사용하는 사람이 없으면 무용지물이다.

"그리고 현장에서 한 사람 정도 제압하는 것은 무리도 아니고."

그런 곳에 총 같은 흉기를 가지고 가는 것은 위험한 행동이다. 경찰에게라도 걸리면 일이 커지니까.

"당연히 그런 놈들은 비무장으로 갈 거야."

그러니 현지 경찰을 통해 체포하면 된다.

"우리가 굳이 여기에 다수의 사람들을 데리고 가서 위험을 무릅쓸 이유는 없지."

노형진의 계획을 들은 이수종은 손가락을 거꾸로 깍지를 끼고는 우두둑 소리가 나게 풀었다.

"끝내주는 작전인데요? 그래서 몇 개나 불러 볼까요?"

"한…… 마흔 개쯤?"

노형진은 씩 웃으며 말했다.

"그 조직원이 얼마나 되는지 두고 보자고."

⚖️

"이 새끼들이 발정이 났나?"

장팔수는 눈을 찌푸리며 말했다.

갑자기 우르르 콜이 들어왔기 때문이다.

"마흔 군데나 되는데. 어쩌지?"

"뭘 어째? 가야지. 그런데 갑자기 이렇게 콜이 들어오는 이유가 뭐야?"

장팔수는 힐끔 달력을 보았다.

12월 24일, 크리스마스이브.

"성性스러운 밤이잖아."

"성性스러운 밤? 아, 큭큭큭. 그렇지. 아주아주 성스러운 밤이지."

크리스마스이브. 연인들이 함께 보내는 시간이다.

그러니 발정 난 놈들이 많다고 해도 그다지 이상할 게 없기는 하다.

"그나저나 마흔 명이면 겁나 바쁘겠는데?"

아이들이 있는 컨테이너 쪽을 바라보면서 조직원들은 툴툴거렸다.

아이도 부족하고 인원은 더 부족하다.

"어쩔 수 없지. 한 명씩 데리고 가자. 장팔수 너는 화균하고 여기를 지키고."

그들은 그렇게 말하면서 컨테이너에서 아이들을 한 명씩 끌고 나왔다.

아이들은 완전히 체념한 듯 저항도 하지 않고 순순히 나왔다.

"원래는 3인 1조로 해야 하는 거잖아."

"그래야 하지만 시간이 없잖아, 인원도 없고. 지금 이게 얼마짜리인데."

한 건당 100만 원.

미친 가격이지만, 소아성애자들은 그 돈을 기꺼이 낸다.

"마흔 명이면 무려 4천만 원이야. 우리가 최소한 2주는 일해야 나오는 돈이라고."

그걸 포기하기에는, 그들은 욕심이 너무 많았다.

"지금까지도 별일 없었는데 뭔 일 있겠어?"

"그렇겠지?"

어차피 근처에서 지키고 있을 테고, 오늘 콜이 들어온 고객들은 이미 한 번 이상 자신들을 불렀던 사람들이다.

노형진이 철저하게 부른 기록이 있는 사람만 골라서 계정을 훔쳤으니까.

그러니 그들은 전혀 의심하지 않았다.

"다녀올 테니까 기다려."

분분히 나가는 조직원들.

원래 열네 명이나 있었지만 그렇게 열두 명이 나가 버리자 공장 안에는 침묵만이 흐르기 시작했다.

"아오…… 심심하네."

"그러게. 오늘 같은 날이 다 있네."

툴툴거리는 자신들을 바라보는 차가운 시선이 있다는 것을, 그들은 알지 못했다.

⚖️

"제압 완료되었답니다. 총 열두 명이랍니다."

노형진과 함께 있던 검사는 잔뜩 흥분한 표정으로 말했다.

"내부에 남은 건 이제 두 명뿐이군요."

"네, 이번에는 어렵지 않은 작전이 될 것 같습니다. 그나 저나 드론으로 내부를 관찰한다는 건 생각도 못 했는데요?"

검사의 말에 노형진은 피식 웃었다.

"시대가 발전하고 있습니다. 법도 거기에 맞춰서 발전해 야지요."

노형진은 그렇게 말하면서 뒤에 있는 카메라를 바라보았다.

이 모든 장면은 촬영되고 있는 상황이었다.

노형진은 이번 기회에 스타 검사의 실적으로 전국에 알릴
계획이었다.

"지금 바로 들어갈까요?"

검사의 말에 노형진은 고개를 끄덕거렸다.

"어디 제대로 한번 털어 봅시다."

노형진은 씩 웃었다.

장팔수는 힐끔거리면서 사이트를 보다가 다시 컨테이너를
바라보았다.

그걸 보고 같이 있던 남자는 피식 웃었다.

"발정 났구먼."

"그렇잖아. 다른 놈들은 지금쯤 천국에 있을 텐데."

"넌 이 일 아니었으면 어떻게 살았겠냐?"

"그러게."

입맛을 다시면서 장팔수는 자리에서 일어났다가 앉기를
계속했다.

"지금 맛…… 좀 보면 안 되겠지?"

"우리 둘뿐인데 자리를 비우면 어쩌려고?"

"어차피 뭔 일 나겠어? 금방이야, 금방."

"미친 새끼."

화균은 그런 장팔수를 보면서 혀를 끌끌 찼다.

하루가 멀다 하고 발정하는 장팔수였다.

말린다고 들을 놈도 아니라 말릴 수도 없었다.

"금방 나올게."

"조루 새끼. 하긴 금방 나오기는 하겠다."

엉거주춤하게 일어나서 다급하게 허리춤의 벨트를 풀며 컨테이너로 향하는 장팔수.

그가 막 컨테이너로 들어간 그 순간이었다.

갑자기 바깥에서 '펑!' 하는 커다란 소리가 들리더니 뭔가 부서지는 소리가 들렸다.

"꼼짝 마! 경찰이다!"

"손들어! 움직이면 쏜다!"

거친 고함 소리.

"이런 젠장!"

바깥에 있던 화균은 저항하려고 했지만 애석하게도 뭘 어찌해 보기도 전에 얼굴에 주먹이 날아들었다.

"그헉!"

"아싸, 강냉이!"

오광훈은 화균의 이빨을 날려 버리면서 돌입했다.

그 모습을 본 장팔수는 다급하게 주변을 둘러봤다.

그러나 바지를 반쯤 내린 그가 할 수 있는 건 없었다.

"꼼짝 마!"

컨테이너로 몰려든 경찰 특공대.

그들은 이미 동선을 확인한 후였고, 화균과 장팔수가 흩어
지자 그 틈을 노려서 돌입한 것이다.

"이……런 젠장!"

이리저리 둘러보던 장팔수는 정신이 아득했다.

이대로 경찰에 끌려가면 다시 감옥으로 간다는 공포감이
몰려왔다.

그리고 감옥에서 그가 겪었던 그 고통들도 말이다.

"나는 절대 감옥에 갈 수 없어!"

"꺄아악!"

구석에 있는 여자아이를 강제로 일으켜 세운 장팔수는 어
느 틈엔가 꺼낸 날카로운 칼을 그녀의 목에 들이밀었다.

"헉!"

노형진은 그걸 보고 당황했다.

설마 장팔수가 칼을 가지고 있을 거라고는 생각도 못 했던
것이다.

"비…… 비켜! 다 비켜! 난 감옥에 갈 수 없어! 절대로!"

장팔수는 눈이 벌겋게 변해 있었다.

자신의 인생, 자신의 모든 것이 이미 망가졌다.

다시 한번 감옥에 간다는 것은 참을 수 없는 고통이었다.

하지만 그중 가장 큰 고통은 여자애를 품지 못한다는 것이
었다.

"비켜! 다 비켜!"

장팔수는 아이의 목에 칼을 들이민 채로 엉거주춤하게 앞으로 나왔다.

"다 비켜!"

수십 개의 총이 있기는 했지만 앞에 여자아이를 앞세우고 있었기 때문에 누구도 그를 제압할 수가 없었다.

"다 비키라고, 이 새끼들아!"

눈이 돌아간 장팔수는 엉거주춤 앞으로 나갔다.

그리고 그의 움직임에 맞춰서 경찰은 조금씩 뒤로 물러났다.

"장팔수! 항복해! 어차피 도망 못 가!"

오광훈이 거칠게 말했지만 장팔수는 들은 척도 하지 않았다.

"웃기지 말라고 해! 이 새끼들아! 난 죽어도 감옥은 못 가! 차! 그래, 차 가지고 와! 차!"

차를 가지고 탈출할 생각에 그는 소리를 버럭 질렀다.

"어쩌지?"

오광훈은 당황했다.

그가 이번 작전의 책임자이기는 하지만 사실 이런 일에 대한 훈련은 전혀 되어 있지 않으니까.

"차를 줘야지."

"뭐? 하지만 도망가면 어쩌려고?"

노형진은 공포에 질린 아이를 바라보면서 차분하게 말했다.

"도망? 그게 가능할 리 없잖아?"

노형진은 오광훈에게 귓속말을 했다.

그리고 잠시 후 오광훈은 그에게 차 키를 건넸다.

"여기다 차 키를 두겠다. 아이는 어디서 내려 줄 거지?"

"그건 내 마음이야! 따라오지 마!"

아이를 끌고 천천히 문 바깥으로 나가는 장팔수.

그는 바닥에 있는 차 키를 들어서 꽉 쥐고는 천천히 입구로 가기 시작했다.

"이 개새끼들! 쫓아오면 이 계집애 시체를 보게 될 거야!"

그는 그렇게 말하면서 차 키를 들어서 뻑 눌렀다.

바로 그게 노형진이 노리던 속임수였다.

'펑!' 하는 소리와 함께 그의 손안에 있던 차 키가 갑자기 터지면서 그의 손을 날려 버린 것이다.

"끄아아악!"

엄청난 고통에 장팔수는 자신도 모르게 비명을 지르면서 칼을 떨구고는 날아가 버린 오른손을 왼손으로 부여잡았다.

그리고 바로 그 순간.

"지금이다! 잡아!"

오광훈은 소리를 지르면서 몸을 던져 장팔수를 잡고 바닥을 나뒹굴었다.

"잡아!"

"수갑 채워!"

바닥에 쓰러져서 발악하는 장팔수에게 십여 명의 경찰들

이 달려들었고, 그사이 다른 직원이 인질로 잡혀 있던 아이를 빠르게 빼냈다.

"아아악! 내 손! 내 손!"

장팔수의 손은 피범벅이었다.

그의 오른손은 엄지를 제외하고는 모조리 날아가 버렸다.

그는 자신의 손을 바라보면서 비명을 질렀다.

하지만 오광훈은 그가 비명을 지르든 말든 신경 쓰지 않았고 그의 팔을 뒤로 돌려서 수갑을 채웠다.

"아아아악!"

장팔수는 계속 처절한 비명을 지르고 있었지만 누구도 그를 동정하지 않았다.

누구도 들어 주지 않는 비명만 허공에 메아리치고 있었다.

⚖

"할 말 없습니다. 아, 그러니까 전화하지 마시라고요. 수사 내용을 외부에 흘리는 것은 검찰 수칙 위반인 거 모르시나요? 뭐라고요? 그쪽이 누군지 내가 어떻게 알아요? 알려 주시게요? 아 참, 이쪽 전화 녹음되고 있는 거 아시죠? 여보세요? 여보세요?"

통화를 하던 오광훈은 짜증스럽게 전화기를 꺼 버렸다.

"씹새끼. 밥도 못 먹게 하네."

"또 누구야?"

"모르지. 이런 전화가 어디 한두 번이냐?"

툴툴거리면서 앞에 놓인 돼지국밥을 퍽퍽 퍼먹는 오광훈.

"이 씨발 새끼들, 켕기는 게 더럽게 많은가 봐."

"그럴 거야. 그러니 정보를 캐내고 싶겠지."

아동 납치 성매매 사건.

언론에서는 이번 사건을 그렇게 이야기하고 있었다.

전국은 난리가 났다.

한국에 국적도 신분도 없는 아이들이 있다는 사실에 놀랐고, 그들이 법의 보호를 받지도 못한다는 사실에 또 놀랐다.

"그 바람에 망할 인권 단체들이 끼어들었지만."

"망할? 네가 그렇게 말하는 걸 보니 정상적인 단체들은 아닌가 봐?"

"그래, 애석하게도."

아이들의 인권을 위해 하는 인권 운동?

좋다. 그런 곳이라면 대환영이다.

아이들의 정신적 치료비를 지원해 주기 위해 하는 모금?

그런 거라면 인권 단체에 노형진이 직접 돈을 기부할 의사도 있다.

"그런데 그놈들은 말을 이상하게 하더라고."

"뭐라는데?"

"이런 사태를 막기 위해 불법체류자들 중에서 한국에서 출산을 한 사람들에게 국적을 부여해야 한대."

"뭔 개소리야?"

"그러니까."

그런 식이면 누가 한국에서 아이를 낳으려고 하지 않겠는가?

심지어 속지주의, 그러니까 자기 땅에서 태어난 사람들에게 모두 국적을 인정하는 미국조차도 부모에게는 국적을 주지 않는다.

과도한 원정 출산 때문에, 부모에게는 아예 영주권조차도 주지 않는다.

그런데 일부 인권 단체에서 무조건 국적을 줘야 한다면서 거품을 물고 있단다.

"정작 그런 사람들은 아이의 정서적 안정이나 치료에 대해서는 아무런 말도 안 해. 구역질 나."

그 사건을 팔아서 기부금을 달라고 하고는 있지만 정작 그 돈을 아이를 위해 기탁한 인권 단체는 단 한 곳도 없었다.

"당연하지. 그걸 입에 담으면 그렇게 모금받은 돈을 줘야 하잖아. 아까워서 주겠냐, 그걸?"

"더러운 새끼들. 그나저나 너도 편하지는 않지?"

"돌겠다. 아주 전화기 꺼 놓고 살고 싶다. 도대체 몇 놈이나 전화 온 건지 모르겠다. 반응도 똑같아요. 정보 못 준다고 하면 내가 누구인지 아느냐고 거품 물다가, 누구인지 말해 달라고 하면 말 안 하고 끊어."

"당연하지. 전화를 했다는 것 자체가 걸리는 게 있어서 그런 거 아니야."

물론 다른 곳을 통해 정보를 얻고 싶겠지만 그럴 수도 없는 게, 이건 명백하게 스타 검사들의 사건으로 나갔다.

그렇잖아도 그것과 비교해서 과거의 사건이 계속 나오고 있었기 때문에 이 사건을 강제로 빼앗아서 다른 사람에게 배치한다면 소아성애증 환자들을 비호한다는 말이 나올 수밖에 없다.

그러니까 당연히 그걸 막을 수가 없다.

"그나저나 너도 참 머리 좋다. 어떻게 헛소문을 이용할 생각을 다 하냐?"

"원래 정치라는 게 그런 거 아니냐? 그냥 있으면 검찰이랑 정부에서 어떻게 해서든 막으려고 발악했겠지."

노형진이 그들을 막은 방법은 별거 아니었다.

인터넷에 성 매수자 명단을 뿌린 것이다.

물론 그건 가짜다. 애초에 성 매수자 명단은 아직 확보도 못 했다.

장팔수를 비롯한 범인들은 입을 꾹 다물었고 사이트는 순식간에 사라졌기 때문이다.

아이들에게 실명을 알려 주거나 명함을 준 놈들은 없었으니 결국 사진만 보고 판단해야 하는데, 한두 명도 아니고 그 사진을 다 보여 주면서 찾는다는 게 쉬운 일이 아니다.

"하지만 의심스러운 명단을 인터넷에 뿌리면 그때는 상황이 달라지지."

물론 그들이 진짜 범인이라는 증거는 전혀 없다.

하지만 그들의 신분이 중요하다.

현직 대검찰청장, 대법원장, 헌법재판소장, 국회의원, 법무부 장관 등등.

한자리 차지하고 힘 좀 쓰는 사람들의 이름이 다 들어가 있으니까.

"일이 이쯤 되면 그 사람들은 미칠 노릇이거든."

그들은 아동 성매매를 하고 싶어도 할 수가 없다.

공직에 있고, 그들의 움직임은 모두 공개되어 있으니까.

하지만 그런 소문이 도는 순간 그들의 명예는 땅에 떨어진다.

"그러니 그들은 강력 처벌을 외칠 수밖에 없지. 그래야 자기들이 억울하다는 걸 증명할 수 있으니까."

현직 검찰청장과 법무부 장관 등이 철저한 수사를 외치면서 밀어주는데 아무리 일선에서 사건을 덮고 싶어 하는 놈들이 있다고 한들 그게 덮일 리 없다.

"우리가 그냥 있었으면 덮였을 테지만."

"하여간 너도 참 대단해."

오광훈은 키득거리면서 전화기를 확인했다.

"우리가 발신 번호를 추적 중이라는 걸 알면 아마 저쪽도 미칠 거야."

저쪽은 혹시나 해서 한 전화일 것이다.

하지만 이런 일로 전화했다는 것 자체가 저쪽이 뭔가 걸린다는 의미이니, 이쪽에서 그 전화번호를 추적하는 것도 불법은 아니다.

명백하게 외부 압력을 목적으로 걸려온 전화고, 그 모든 통화 내역이 저장되었으니까.

"그리고 그 관련자들의 사진을 아이들에게 보여 준다라……."

"모든 남자들의 사진을 보여 줄 수는 없지만 관련 가능성이 아주 높은 자들이니까."

그리고 그렇게 함으로써 숨어 있는 소아성애자들이 드러나게 하여 처벌하는 것이 노형진의 계획이었다.

"다만 이 경우는 아동 성매매로 기껏해야 벌금이겠지만……."

엄밀하게 말하면 이건 아동 납치 강간의 방조범은 된다.

하지만 검찰에서는 그나마 형량이 낮은 아동 성매매로 처벌할 테고, 그런 경우 벌금으로 끝날 가능성이 높다.

"하지만 그렇게라도 처벌하면 좀 나아지지."

국회의원 같은 경우는 재선을 하기 위해서는 자기 범죄 사실을 알려야 하니까.

아동 성매매라는 죄목이 들어가면 설사 나라를 구했다 해도 탈락은 확정이다.

"그나저나 장소희는 어때? 좀 나아졌어?"

"아, 일단은."

"일단은?"

"조종구가 사라졌어. 정확하게는, 드러나지 않는다고 해야 하나?"

장팔수에 대한 모든 장면은 녹화되었고 장소희에게 그걸 틀어 줬다.

장팔수는 아동 인신매매와 납치. 그리고 인질극까지 해서 강력한 처벌을 피할 수 없게 되었다.

"그리고 그날부터 조종구는 나오지 않는다고 해."

"장팔수가 사라져서 그런가?"

"그럴 거야."

어찌 되었건 조종구는 장소희를 장팔수에게서 힘으로 보호하기 위해 만들어진 인격이다.

하지만 장팔수는 손가락이 날아갔고, 그랬다고 해서 이미 저지른 죄가 사라지는 것은 아니니 최소한 20년은 감옥에서 지내야 한다.

무엇보다 인질극 같은 강력한 범죄를 저질렀으니 중간에 가석방 같은 건 꿈도 꾸기 힘들 것이다.

"일단 힘으로 자기를 보호할 필요는 없어졌으니까."

그래서 그런지 조종구는 아예 나오지 않고 있다고 한다.

"현재 상황으로는 조만간 정신병원에서 나올 가능성이 높아. 물론 통원 치료는 해야겠지만."

가장 위험한 인격이 사라진 건지 아니면 숨어 있는 건지 알 수는 없지만 말이다.

"나름 해피엔딩인가?"

"글쎄."

노형진은 어깨를 으쓱했다.

"해피엔딩인지는, 이제 네가 하는 걸 봐야지."

"나?"

오광훈이 무슨 소리인가 하는 얼굴로 노형진을 바라볼 때 벨 소리가 격하게 울리기 시작했다.

노형진은 웃으며 눈짓을 했고 오광훈은 짜증스럽게 전화를 받았다.

"누구시라고요? 아니, 그러니까 누구신지 신분부터 밝히고 시작하시지요. 당신이 누군지 내가 어떻게 알아, 이 씹새끼야!"

노형진은 피식 웃으며 말했다.

"그놈들을 잡아야 해피엔딩이지, 후후후."

국적 쇼핑?

변호사들은 사회의 강력한 세력이다.

그들은 대한민국에서 소위 말하는 지도층이다.

물론 자칭이다.

노형진은 정작 변호사들이 지도층이라고 생각하지 않는다.

지도층이라고 하기에는, 사회적인 문제 해결에 너무 관심이 없으니까.

하지만 그렇다고 해서 그들 모임에 참석도 하지 않는 것은 아니다.

"가는 해를 보내고 오는 해를 위하여!"

"위하여!"

잔을 높이 드는 사람들.

그리고 그런 이들 무리 중에서 노형진은, 아니 새론의 사람들은 약간 동떨어진 곳에서 자기들끼리 뭉쳐 있었다.

"이런 걸 은따라고 하는 건가?"

김성식은 어이가 없다는 듯 허허 웃었다.

물론 새론의 사람들이 숫자가 적지 않기 때문에 따를 당한다는 느낌은 없었지만, 새론과 다른 변호사들 사이에는 명백하게 큰 벽이 있었다.

"우리가 저들과 친하게 지내면 그게 더 이상한 거 아닙니까?"

"하긴 그건 그렇지."

새론은 일반적인 변호사들과 다른 방식으로 운영된다.

권력자보다는 서민 위주로, 그리고 터무니없이 승리 보수를 챙기기보다는 합리적 가격으로 말이다.

그렇다 보니 다른 로펌이나 변호사에게 견제를 받지 않을 수가 없었다.

"그런데 또 이런 데에는 꼬박꼬박 부른단 말이지."

"아무래도 큰 행사니까요."

변호사들의 송년회.

물론 아무 변호사나 부르는 게 아니다.

현재 변호사들 업계에서 큰손이라고 할 수 있는 사람들을 부르는 것이다.

어찌 되었건 그런 사람들의 모임이니까.

물론 그렇다고 해서 서로 두루두루 어울리는 것은 아니지만 말이다.

"에, 친애하는 변호사 여러분."

단상에서 기나긴 연설을 하는 여자를 보면서 김성식은 쓴 웃음을 지었다.

"저 인간이 여기까지 왔구먼."

"한수진 의원요? 왜요? 아시는 분입니까?"

"알다 뿐이겠는가. 내가 끝까지 잡으려고 했던 여자인데."

"네?"

"나 중수부장 출신 아닌가?"

"그렇지요. 아, 그러네요."

중수부, 그러니까 중앙수사부의 수사 대상은 정치인이나 권력자 그리고 대기업이다.

그러니 중수부 출신, 그것도 권력형이 아닌 실무형 중수부 장이었던 김성식은 여러 정치인들과 사이가 안 좋을 수밖에 없었다.

"저 여자가 꼬리 자르는 데에는 아주 귀신이야, 귀신."

쓴웃음을 짓는 김성식.

그가 노렸던 수많은 정치인들, 그중에서 잡지 못해 한이 맺힌 사람이었다.

"그런데 여기서 보게 되다니 거참."

하긴 그녀를 한번 소환하면 따라오는 변호사만 기본 다섯 명이었다.

그러니 여기에 그녀가 와서 연설을 한다고 해서 이상할 게 없다.

그만큼 인맥이 된다는 소리니까.

김성식이 그렇게 쓴웃음을 짓고 있는 사이에 연설을 끝낸 한수진이 다가왔다.

"오랜만이네요, 김 부장님. 아니, 지금은 김 변호사라고 해야 하나?"

명백하게 도발이었다.

김 부장님에서 김 변호사로 바뀌면서 님이라는 존칭이 사라졌으니까.

"어쩌다 이렇게 되셨대요? 참으로 안타깝네요."

"안타깝다기보다는 자연스러운 과정인 거지요. 언젠가는 떠나야 하는 곳 아니겠습니까?"

중수부장에서 더 위로 올라가기 위해서는 정치적 관계를 맺어야 한다. 그러지 않으면 올라가는 것은 불가능하다.

아니, 김성식이 정치적 힘 없이 중수부장에 올라간 것도 사실 기적이나 마찬가지다.

상황상 서로가 알력으로 으르렁거린 끝에 중립인 사람을 올려야 해서 어쩔 수 없이 올라간 게 그였으니까.

"요즘 어떻게 지내세요?"

"뭐. 먹고살 만합니다."

"그래요? 난 일거리 없으면 또 일이라도 하나 맡길까 했지요."

한때 자신을 잡으려고 했던 김성식을 고용한다는 말.

명백하게 상대방을 놀리기 위해 하는 말이다.

그걸 알기에 김성식은 그저 웃을 뿐이었다.

"한수진 의원님은 어떻게 지내십니까?"

"뭐, 저야 잘 지내지요. 요즘은 국방위에 있어요."

"국방위요?"

김성식은 미심쩍은 표정으로 그녀를 바라보았다.

"그게 뭐 잘못되었나요?"

"아니요. 그건 아닌데."

옆에서 듣고 있던 노형진도 살짝 의아함을 느꼈다.

국회의원이라면 국방위에 소속되어서 활동할 수 있다.

그건 당연한 일이다.

하지만 문제는 그녀가 군대를 갔다 왔느냐는 것이다.

'보통 여자는 군대에 안 가지 않나?'

그런 사람이 국방위? 이해가 안 간다.

물론 그녀가 군대를 갔다 왔을 수도 있다.

명백하게 한국에는 여군이 존재하며 여군에 대한 부당한 사건도 많은 편이니까.

그녀가 여군을 대변하면서 그런 부분을 고치려고 한다면 문제가 안 된다.

하지만…….

"지금 내가 군대 안 갔다 왔다고 무시하는 건가요? 그거 명백한 성희롱인 거 아시죠?"

노형진은 한숨이 나왔다.

"이 경우는 성희롱이 아니라 성차별이라는 말이 맞습니다."

"뭐요? 당신 뭐야?"

노형진이 갑자기 끼어들자 눈을 부라리는 한수진.

"이쪽은 노형진 변호사입니다. 마이스터의 아시아 대변인
을 담당하고 있습니다."

한수진은 움찔했다.

마이스터에게 덤볐다는 이유로 여러 정치인이 패가망신한
건 널리 알려진 사실이니까.

"성희롱은 성적으로 학대를 하거나 성적 대상화하는 걸 말
하고, 성차별은 성별을 이유로 공정하지 않게 판단하는 걸
말하지요. 이건 업무와 관련된 일이니까 성차별입니다."

노형진은 한수진을 보면서 담담하게 말했다.

"그래요? 내가 잘 몰랐군요."

'몰랐을 리가 있나.'

아무리 막나가는 인간이라고 해도 그녀는 정치인이다.

막말을 한다고 욕먹을지라도, 그 막말에도 계획을 담고 정
치를 담는 게 정치인이다.

그런데 그런 정치인이 성차별과 성희롱의 차이를 모른다고?

'웃기고 자빠졌네.'

안 봐도 뻔하다.

성차별의 경우는 업무상 오해라는 부분으로 커버되지만 성희롱은 어떠한 이유로도 커버되지 않는다.

당연히 이 문제가 이슈화되면 김성식은 곤란한 처지에 빠질 수밖에 없다.

'슬쩍 성희롱으로 몰고 가서 그걸로 새론을 엿 먹이려고 했겠지.'

그래서 노형진이 끼어든 것이다.

명백하게 선을 그어 줘야 하니까.

"단어의 선택은 조심해서 해 주셨으면 합니다, 한 의원님. 아시다시피 요즘에는 그런 문제에 참 예민하지 않습니까?"

한수진은 붉으락푸르락한 얼굴로 몸을 팩 돌렸다.

"전 바빠서 이만 가 봐야겠군요."

"안녕히 가세요."

노형진은 느물거리면서 웃으며 그녀를 보냈다.

"이거 참, 적이 많으니 참 힘들군."

"보아하니 단상에서 김 변호사님 보고 이를 박박 갈다가 작정하고 온 것 같은데요."

"그렇겠지. 내가 한 의원을 소환한 것만 다섯 번에, 감옥에 처넣은 보좌관만 네 명이거든. 결국 한수진의 꼬리는 못 잡았지만."

어깨를 으쓱하는 김성식.

"어쨌거나 여성계의 거두라서 말이지."

"그래요? 곤란하군요."

노형진은 멀어지는 한수진을 바라보았다.

"왜, 무섭나?"

"무섭다기보다는 귀찮습니다. 김 변호사님도 아시겠지만 정치인들은 원한을 쉽게 잊어버리지 않지 않습니까."

"알아. 그러니까 문제인 거야."

그 원한이 어디로 쏠릴지는 뻔한 일이니까.

"당분간은 내가 몸을 좀 사려야 할 것 같네."

김성식은 씁쓸하게 송년의 밤을 보낼 수밖에 없었다.

그렇게 그녀와의 만남은 좋지 않게 끝났다.

하지만 노형진은 그녀와 직접적으로 만날 일은 없을 거라 생각했다.

생각지도 못한 문제, 그것도 정치적인 문제로 그녀와 만날 거라고는 생각도 못 했다.

"한수진요?"

"그래. 그녀가 새로운 법안을 발의했는데 말이지, 그게 참 상황이 애매해."

"무슨 법안이기에?"

"군 복무 연장에 관한 법률이네."

"군 복무 연장에 관한 법률요?"

"자네도 알다시피 우리나라의 인구가 많이 줄어들지 않았나?"

"그건 그렇지요."

"그래서 국방부에서 강력하게 요구하는 모양이야. 한수진 의원이 그 요구에 응한 거고. 그 법에 따르면 현재 1년 6개월인 군 생활이 2년 6개월로 늘어날 걸세."

"아니, 국민들이 그걸 가만둔답니까?"

"그럴 리 없지. 아마 부결될 거야."

노형진은 고개를 끄덕거렸다.

그게 부결될 수밖에 없는 이유는 간단하다.

그걸 통과시키는 순간 남성 표, 특히 군대에 가지 않은 남성들의 표는 모조리 날려 버릴 수밖에 없으니까.

당연히 그 의견을 낸 사람들뿐만 아니라 그 정당에 속한 의원들 역시 그 불이익을 받게 된다.

"그래서 의심하고 있네."

"의심요? 뭘 의심…… 아…….."

프락치.

프락치를 넣어서 대통령까지 만든 자유신민당이다.

그리고 민주수호당에 자유신민당의 프락치가 아직도 있다고 의심되는 상황.

"이 법안의 존재 자체가 우리 당에 치명적인 약점이 될 테니까. 그걸 국방부의 요청이라고 하지만, 굳이 한수진이 발의한 것도 이해가 안 가고."

"그녀가 국방위 소속이라 그럴 수도 있지 않습니까?"

"그건 그래. 하지만 그러면 우리보다는 자유신민당 소속 의원에게 부탁해야 하는 거 아닌가?"

"그건 그렇지요."

과거 3년이나 되던 군 생활을 줄인 것이 바로 민주수호당 이다.

그런데 그 당에서 갑자기 군 생활을 늘리겠다는 소리를 한다?

지지율이 바닥으로 떨어질 것은 당연한 일이다.

"물론 국방위 소속 의원들의 주장도 틀린 건 아니야. 지금 우리나라에 군인 숫자가 부족한 건 사실이잖나."

"그건 말장난이고요."

"말장난?"

송정한은 고개를 갸웃했다. 말장난이라니?

노형진은 질렸다는 듯 머리를 흔들었다.

"송 의원님, 우리나라 징집률이 얼마인지 아십니까?"

"우리나라 징집률? 글쎄, 그건 모르겠는데. 국방부에서는 맨날 숫자가 부족하다는 소리만 해 대서 그다지 높지 않을 것 같기는 하네만."

노형진은 코웃음을 쳤다.

"90%입니다! 90%!"

"90%?"

"네, 남자의 90%는 군대에 갑니다. 그것도 현역으로요. 나머지 10%에서도 여러 가지 다른 형태로 근무하는 경우가 많으니까 그런 것까지 포함하면 우리나라의 징집률은 98% 정도 됩니다."

"그렇게나 높았나?"

송정한은 몰랐다는 듯 눈을 크게 떴다.

"하긴 국방부에서 자기들한테 불리한 이야기를 할 리 없지요."

노형진의 얼굴에 비웃음이 떠올랐다.

"하나 더 알려 드릴까요?"

"뭘 말인가?"

"2차대전 당시에 독일군의 징집률이 얼마였을 것 같습니까? 2차대전 패망 직전에 말입니다."

"글쎄, 그때는 잘 모르겠는데."

"그때 독일의 징집률이 70%였습니다."

"허."

"그리고 일본이 패망 직전 1억 총옥쇄를 주장할 때의 징집률은 80%였고요."

쉽게 말해서 징집률 90%는 전 세계에서도 듣도 보도 못한 황당한 수치라는 거다.

이게 문제가 심각한 게 뭐냐면, 아차해서 전쟁이라도 터지면 진짜 한국의 남자란 남자는 죄다 씨가 말라 버릴 수도 있다는 것이다.

"더군다나 개뿔 아무것도 없이 소총 하나 들고 돌격요? 지금 21세기입니다."

농담이 아니다.

가령 지금 미국의 1개 소대와 한국의 1개 대대가 붙으면 어떻게 될까?

당연히 숫자는 한국 쪽이 몇 배는 유리하다.

1개 소대라고 해 봐야 삼십여 명 정도.

그리고 대대는 그런 소대가 무려 열두 개가 모인 거다.

쉽게 말해서 열두 배의 병력이다.

"그런데 누가 이길 것 같나요?"

"그건…… 미국이지."

"그러면 유지비는 누가 더 많이 들 것 같습니까?"

"당연히 미국 아닌가?"

"아니요. 한국입니다."

"뭐? 어째서?"

"인건비를 무시하지 마십시오."

먹고 마시고 자고 싸고, 그 모든 게 다 돈이다.

한 사람당 유지비를 하루에 2만 원이라고 해도 1년이면 730만 원이다.

군 생활 1년 반 동안 대략 1천만 원 정도 드는 것이다.

"다만 미군은 모병제고 한국은 징병제니까 인건비는 빼지요."

"하지만 미국은 장비가 좋지 않나?"

"그러니까 그게 문제입니다. 장비는 한번 사면 10년은 씁니다. 하지만 관리비 같은 건 매년 나가지요. 개인화기를 1억 원어치 사면 어떻게 될 것 같습니까?"

방탄복으로 도배하고 무기에는 온갖 레일을 붙일 수 있으며 개개인에게 야시경이나 적외선 장비도 지급할 수 있을 것이다.

만일 1억 원어치 장비를 입은 병사 한 명과 그렇지 않은 병사 서른 명이 싸우면 누가 이길까?

"아마 1억이면 개개인이 유탄 발사기를 쏴 대도 돈이 남을 겁니다."

그리고 군대의 특성상 그런 숫자가 많아지면 화력은 터무니없이 강해진다.

"어…… 그런가?"

"네. 더 웃긴 건, 우리나라 국방비의 대부분을 장군님들이 잡숫고 계시다는 거지요."

노형진은 피식 웃으면서 손뼉을 치며 말했다.

"장군님 나이스 샷!"

명백하게 비꼬는 말이다.

그 모습을 본 송정한은 입맛을 다셨다.

무슨 소리인지 알았으니까.

한국에서는 장군에게 체력 단련이라는 이유로 골프장을 만들어 준다. 하지만 현실적으로 골프장은 체력 단련에 하등 도움이 안 된다.

미국 같은 경우는 4성 장군이 체력 단련을 위해 러닝을 하고 헬스를 한다.

하지만 한국은 일단 장군만 되면 뚱돼지가 되어도 장군이다.

"현대전에서는 무기가 더 중요하지 숫자는 의미가 없습니다. 6.25 때 중공군이 미군에게 갈려 나간 걸 생각해 보세요."

수만 명씩 몰려오는 중공군.

그들에게 미군은 기관총을 갈기며 대응했다.

물론 그 엄청난 숫자에 밀려 결국 미군이 패배한 경우도 있지만, 어쨌든 중공군의 피해는 어마어마했다.

"하물며 그때도 그 지경이었는데 지금은 화력이 더 강해졌지요."

"흠……."

"장기적으로 보면 군 병력의 효율성을 위해서는 무기를 체계화시키고 숫자를 줄여야 합니다. 미군도 그러한 구조를 선택했고요."

그런데 그 법안에 따르면 군 생활이 두 배가 된다.

즉, 1인당 관리비가 2억씩 들어갈 정도다.

"흑표 전차 가격이 80억입니다. 1개 소대만 줄여도 흑표 한 대 사겠네요."

당연하게도 1개 소대가 아무리 지랄 발광을 해 봐야 흑표 전차를 이길 수 있는 방법은 없다.

물론 대전차미사일 같은 걸 보급하면 가능하겠지만, 애초에 저 단가는 대전차미사일을 보급하지 않은 기준이니까 그 걸 보급하면 관리비는 더더욱 높아진다.

"그런데 왜?"

송정한은 고개를 갸웃했다.

그런 식이라면 차라리 숫자를 줄이고 무기의 질을 늘려야 한다. 그리고 잉여 병력을 사회 발전에 돌려서 총GDP를 늘려 그 돈을 다시 무기에 투입해야 한다.

"그게 선순환이지요."

"하지만 왜 반대로 간단 말인가?"

"간단합니다. 굳건이는 노예가 필요해요."

"응? 그게 누군데?"

"국방부 캐릭터입니다. 굳건이라고, 쉽게 말해서 이겁니다. 병사 숫자가 줄면 당연히 장군 숫자도 줄지요."

병사가 줄면 지휘할 부대도 줄고, 지휘할 부대가 줄면 장군의 숫자도 줄어든다.

"판사들하고 똑같은 겁니다. 판사들은 사람이 없어 죽겠다고 일이 너무 많아서 죽겠다고 곡소리를 내면서도, 정작 판사의 숫자를 늘리는 것에는 결사반대하지요."

그 이유는 간단하다. 권력이 사라지니까.

"그리고 그러한 구조는 필연적으로 장군의 실력 향상을 요구하게 됩니다."

한국의 대대장은 목에 힘주고 병사들을 노예처럼 부리며 갑질을 한다.

"하지만 휘하 부대의 숫자가 줄어들면 자기 역시 일해야 하거든요. 결정적으로 숫자가 줄어든다는 것은 자기가 **빼돌**릴 돈이 줄어든다는 걸 의미합니다. 국방부 장관이 그랬지요, 방산 비리는 생계형 비리다."

"으음."

그 말이 송정한은 침울한 얼굴이 되었다.

실제로 한 말이니까.

애석하게도 국방부는 한국의 3대 적폐 중 하나다.

언론과 사법 그리고 군대. 이 세 곳은 손대는 것이 너무 힘들었다.

"국방부에서 3년으로 늘려 달라고 한다고요? 그건 진짜 인원이 필요해서 그러는 게 아닙니다. 인원이 충분해야 돈을 **빼돌**릴 수 있어서 그러는 겁니다. 전에 국방부에서 그랬지요, 북한이 내려오면 사흘 안에 수도 서울이 붕괴된다고요."

하지만 그 당시 대통령이 국방비를 북한의 몇 배나 쓰면서 사흘 만에 밀린다면 그건 장군들의 문제라고 장군들의 경질 이야기를 꺼내자, 바로 말을 바꿔서 사흘 안에 평양까지 진격할 수 있다고 했다.

국방부는 현재 하나의 거대한 블랙홀 같은 곳이다.

빼돌리는 돈이 어마어마한데 그걸 통제하지도, 감시하지

도 못한다.

"그런 곳에서 하는 말을 순순히 믿을 수는 없지요."

노형진은 그들을 믿을 수가 없다는 걸 안다.

"하지만 다른 방법이 없지 않나? 더군다나 한수진을 통해 압박을 가하는데."

"통과되지 않을 걸 알면서도 말이지요."

"그만큼 다급하겠지."

실제로 인구가 엄청나게 줄어들었다.

특히 남성 징집 인구는 가파르게 줄어들어서, 진짜 손가락 있고 총질만 할 수 있으면 끌려가는 수준의 징집을 하고 있다.

그리고 그건 바로 대한민국이 망하기 직전인 6.25 때 방식이다.

"하여간 한수진이 발의한 그 법안은 통과될 가능성 자체는 없지만, 우리 쪽 입장에서는 이걸 덮어야 한단 말이지."

그러지 않으면 지지율은 바닥으로 떨어질 테니까.

"그런데 적당한 게 없을까?"

"흠……."

노형진은 턱을 스윽 문질렀다.

"보통은 연예인 문제를 이용하지 않습니까?"

"그건 저쪽 방식이고. 더군다나 그랬다가는 또 무슨 역풍이 불겠는가?"

"그건 그러네요."

노형진은 턱을 문질렀다.

국방부와 한수진이 노리는 건 뻔하게 보인다.

하지만 그렇다고 해서 그냥 당하자니 좀 억울하다.

"국방부에 항의는 해 보셨습니까?"

"그들은 애국해야 한다고 하더군."

"애국 같은 소리 하고 자빠졌네요."

한국에서 애국이란 패가망신의 지름길이다.

반대로 매국은 성공의 지름길이다.

나라를 위해 아무리 희생을 해도, 나라는 절대 보답을 해 주지 않는다.

하지만 나라를 팔아먹은 놈들은 보호하기 위해 무슨 짓이든 다 한다.

"전 애국하고 싶지 않은데요."

"하지만 뻔하지 않나, 그들 방식은. 애국을 강요하다가 만일 안 한다고 하면 바로 빨갱이로 낙인찍지."

송정한은 질렸다는 표정으로 말했다.

그들은 틈만 나면 빨갱이 프레임을 가져다 붙인다.

당장 송정한만 해도 아예 북한 간첩 수준으로 대우받고 있다. 그 이유는 단 하나, 자유신민당에 동조하지 않기 때문이다.

"참, 대한민국에서 태어났다는 게 뭐 그리 큰 잘못인지……."

송정한은 씁쓸하게 웃었다.

물론 한국보다 더 열악한 나라들은 많다. 그건 인정한다.

그래서 한국에 대해 불평을 하면, 꼰대들은 그들을 이야기 하며 감사할 줄 알라고 협박 아닌 협박을 한다.

하지만 그들의 이야기는 논리적으로 말이 안 된다.

최악보다 낫다는 이유로 감사해야 한다면 국가는 발전하 는 게 아니라 퇴보하게 되니까.

처음에는 동남아, 그다음은 브라질, 그다음은 아프리카의 내전 국가 순으로 점점 떨어질 거다.

언제나 그들보다는 나을 테니까.

"국가라는 게 뭔지……."

노형진은 머리를 긁적이다가 머릿속에서 번개가 번쩍하고 쳤다.

"그러고 보니 국가라는 게 뭘까요?"

"응? 무슨 소리야? 국가가 국가지."

"아니, 그렇지 않습니까? 국가는 선택할 수가 없지요?"

"그렇지."

"만일 국가를 선택할 수 있다면 어떻게 될까요?"

"그게 무슨 말인가?"

"국민들이 국가를 선택할 수 있게 된다면 말입니다. 어떨 까요?"

"그게 가능할 리 없지 않나?"

"아니요. 가능할지도 모르겠는데요?"

노형진의 머리가 팽팽 돌아가기 시작했다.

새로운 돈 벌 거리가 눈앞에 선명하게 보이는 듯했다.

⚖️

"뭐라고요? 한국의 인재들에게 미국 국적을 주시겠다고요?"

"정확하게 말하면 다른 나라의 국적을 줄 생각입니다. 한국 사람들에게 군대 같은 건 부담스러운 일이니까요."

로버트는 당황했다. 그게 그렇게 쉬운 일이 아니니까.

"그게 가능할 리 없지 않습니까?"

당장 미국에서 국적을 따는 것은 어려운 일이다.

"미국은 속지주의 국가입니다. 미국의 영토에서 태어난 아이는 미국 국적을 얻게 되지요."

"압니다. 하지만 그것도 결코 쉽지 않습니다."

아이에게 미국 국적을 주기 위해서는 돈이 어마어마하게 깨진다.

일단 아이가 태어날 때까지 미국에서 살아야 하니 생활비가 든다.

미국은 결코 멍청한 나라가 아니다. 원정 출산 의혹 때문에, 임신 후 일정 기간이 지나면 입국 자체가 불허된다.

따라서 최소한 임신 초기 또는 임신 직전에 들어가야 하는데, 1년에 생활비가 1억은 훨씬 넘게 들어가니 일반인은 꿈도 못 꾼다.

이것이 법이다

또 임신 기간 동안 정기적으로, 그리고 아이를 낳을 때에도 병원에 기야 하는데, 미국의 병원비는 의료 민영화 때문에 어마어마하다.

당장 미국인들조차도 보험이 없으면 산파를 데려다가 집에서 아이를 낳는 경우도 많다. 그래서 실제로 미국에는 산파라는 직업이 있다.

"원정 출산이 한국에서 상류층의 문화인 것에는 다 이유가 있습니다."

로버트는 노형진의 말에 걱정스럽게 말했다.

"물론 아이디어 자체는 좋습니다. 아이들의 능력은 부모를 많이 따라가니까요."

노형진의 계획. 그건 미래에 사회 지도층이 될 수 있는, 아니 성공할 수 있는 집안의 아이들에게 미국이나 다른 나라의 국적을 주는 것이었다.

물론 그 조건으로 노형진에게 협조하는 것이 전제되겠지만.

그렇게 되면 아무리 한국이라고 해도 그들을 마음대로 할 수가 없다.

"압니다. 하지만 그게 가능할 리 없지 않습니까?"

미국 국적을 주기 위해서는 1인당 못해도 2억 정도는 들어갈 것이다.

"확실히 우리가 인재에 대한 투자는 하고 있습니다. 이제는 그 수익도 제법 나고 있는 중이고요. 하지만……."

노형진의 계획은 그 이상을 나아가고 있었다.

재능을 보이는 아이들에 대한 지원이 아니라 아예 부모가 재능이 있다면 아이에게 기회를 주자는 것이니까.

"돈이 없지 가오가 없느냐는 말이 있지요."

노형진은 피식 웃으며 말했다.

"대부분의 능력 있는 사람들은 자식에게 뭐든 해 주려고 합니다. 하지만 한국에서 그러한 사람들은 착취의 대상이지 돈을 벌 수 있는 대상이 아니지요. 결과적으로 그런 사람들의 아이는 이 헬조선을 못 벗어납니다."

그렇다 보니 국회의원이고 정치인이고 국민을 무서워하지 않는 것이다.

어차피 그들은 한국을 떠나지 못하니까.

"하지만 그들이 단체로 한국을 떠날 수 있게 되면요? 아니, 그들이 한국 내에서 하나의 세력이 된다면요?"

"정치인들 입장에서는 돌아 버릴 일이기야 하겠지만 그게 실제로 가능할지……."

머리를 긁적이는 로버트.

"가능합니다. 그들을 미국으로 데리고 가지 않아도 됩니다. 미국이 그들에게 가면 됩니다."

"네?"

로버트는 벙찐 표정으로 노형진을 바라보았다.

지금까지 노형진이 여러 가지 황당한 작전을 펼치기는 했지만 설마 미국이 그들에게 간다는 이상한 소리를 할 줄은 몰랐으니까.

"물리적으로는 그게 불가능한데요."

"압니다. 물리적으로는 불가능하지요. 하지만 법적으로는 가능합니다."

"네? 법적으로 가능하다는 게 무슨 말씀이신지? 뭐, 미국 땅을 퍼서 한국으로 가지고 간다 그런 건 아니겠지요?"

"하하하, 그게 가능할 리가 없지요."

노형진은 피식 웃으며 뭔가를 꺼내서 로버트에게 건넸다.

"이게 뭔지 아십니까?"

"이거…… 유람선, 아니 크루즈 아닙니까?"

"네, 5천 명이 탑승할 수 있는 크루즈인 씨 쎄일호입니다. 매물로 나왔더군요."

"설마 배로 미국에 데리고 오자는 말씀은 아니지요? 오는 중에 출산을 할 수도 있습니다만?"

"아닙니다. 그럴 리 없지요."

그리고 배로 간다고 해서 입국 절차를 밟지 않아도 되는 것도 아니다.

"하지만 방금 말씀하셨지요, 가는 중에 출산할 수도 있다고요."

"네, 그런 경우가 종종 있으니까요. 비행기도 가끔 그런 일이 터지는데 천천히 움직이는 크루즈라면, 미국까지 가는

데만도 몇 달은 걸릴 겁니다."

"제가 노리는 게 그겁니다. 아까 비행기에서 출생한 아이가 있다고 했지요? 그 아이의 국적은 어디입니까?"

"예?"

로버트는 고개를 갸웃했다.

그러고 보니 그런 뉴스가 있다고 듣기는 했지만 정작 그 아이의 출생에 관해서는 잘 몰랐다. 해외 토픽 정도라 그가 관심을 가질 이유가 전혀 없으니까.

"글쎄요, 잘 모르겠네요."

"그런 경우 국제법에 따라 그 아이는 그 비행기의 국적을 가지게 되어 있습니다. 따라서 속지주의, 정확하게 말하면 출생지주의에 따라 국적이 정해집니다. 물론 그 국가가 속지주의를 선택하고 있다면요."

"속지주의요?"

"네. 국제법상 영토라는 개념은 단순히 땅만 이야기하는 게 아니거든요."

국제법상 영토는 땅과 그 부속 영토에, 나라에 따라 영해나 영공도 포함한다.

하지만 현실적으로 국제법상 애매한 곳들도 있다.

대표적인 예가 바로 대사관이다.

대사관을 타국의 영토로 인정하면 그 나라에서 언제든 압류와 수색을 할 수 있기 때문에 국제법상 대사관은 대사관이 소속된 나라의 영토로 인정된다.

"그리고 그런 공간이 또 있습니다. 바로 비행기와 배지요."

비행기의 경우는 일단 착륙하면 착륙한 나라의 법의 영향을 받는다.

하지만 이륙한 후 하늘에 고립된 상황에서는 그 비행기가 소속된 나라의 영토로 인정된다.

만일 한국에서 미국 항공기를 타고 미국으로 날아가다가 중간에 아이가 태어나면 그건 미국 영토에서 태어나는 셈이다.

"배 역시 마찬가지입니다. 배가 기항지 대상 국가의 영해 안에 있다면 소속국의 국적으로 인정되지 않습니다."

하지만 공해로 나가는 순간 그 배는 하나의 독립된 영토가 되고, 그 배가 속해 있는 국가의 땅으로 인정된다.

"그래서 공해상에서 아이가 태어나면 그 아이는 배가 속한 나라의 시민권을 받게 됩니다."

로버트는 입을 쩍 벌렸다. 그건 생각지도 못한 소리였으니까.

"그걸 무국적 삭감에 관한 조약이라고 하지요."

상당수 국가들이 그러한 조항에 들어 있다.

물론 지금까지 그걸 상업적으로 쓰려고 한 시도는 전혀 없었다. 방법이 없었으니까.

"하지만 그걸 상업적으로 쓰지 말라는 법은 없지요."

"자…… 잠깐만, 그러면……?"

"네, 산모들을 태우고 운항을 할 겁니다."

"허헐?"

노형진의 주특기는 법의 허점을 찾는 것.

그리고 노형진이 찾아낸 방법이 바로 선박이었다.

"그 아이들이 공해상에만 있다면, 미국의 출생자로서 자격을 받을 수 있습니다."

"그러면……."

로버트는 눈이 격하게 떨렸다.

진한 돈 냄새가 풍겨 나왔다.

"국적은 보통 선택할 수 없다고 하지요. 그건 틀린 말은 아닙니다. 그래서 그 나라가 아주 개판이라고 해도, 떠나고 싶어도 떠나지 못합니다. 하지만 복수국적이라면? 그래서 떠나고 싶다고 생각하면 떠날 수 있다면?"

사람들이 잘 모를 뿐이지 복수국적이 가지는 혜택은 어마어마하다.

그래서 부자들이 기를 쓰고 원정 출산을 하려고 하는 것이다.

"한국 사람들은 원정 출산을 한다고 하면 욕하지요. 하지만 그게 진짜 나라를 버려서 하는 욕일까요?"

그렇지 않다. 대부분의 사람들은 원정 출산의 기회가 생긴다면 할 것이다.

애국의 문제가 아니라 아이가 가지게 될 기회의 문제니까.

"사람들이 욕하는 이유는 그들이 나라를 배신해서가 아닙니다. 다만 자신들과 다르게 아이들에게 기회를 줄 수 있기 때문입니다."

자신들은 '헬조선'이라 불리는 대한민국에서 벗어나지도 못한 채로 아이를 낳아 길러야 한다.

그렇게 자라난 아이는 남자아이라면 군대에 끌려가야 하는데, 군대의 명언이 있지 않나? 데리고 갈 때는 우리 아들, 다치거나 죽으면 남의 아들이라고.

"그러니 억울해서 그러는 겁니다. 더군다나 취업에서뿐만 아니라 다른 법적인 손해도 피할 수 없지요."

일단 다른 나라의 국적을 가지고 있다는 것 자체만으로 외국인학교에 들어갈 수 있는 자격이 생긴다.

외국인학교는 자체적으로 운영하는 사립학교이며 영어로 수업이 진행된다.

쉽게 말해서 시작부터 영어 학원 같은 걸 보낼 필요가 없어진다는 소리다.

"그것뿐만이 아니지요. 복수국적을 가지고 있으면 취업에도 상당한 도움이 됩니다."

일단 외국계 기업에 취업할 때 미국 국적을 가지고 있으면 훨씬 더 편하게 취업이 가능하다.

"또한 법적인 불이익을 당할 때, 미국 국적이라는 이유 하나만으로 법적인 보호를 받습니다."

만일 문제가 생길지 모른다고 생각되는 경우 바로 미 대사관에 전화 한 통만 하면 거의 대부분의 문제가 해결된다.

"가령 예를 들어 보지요. 무고죄가 발생하면, 한국에서는 대응책이 별로 없지요."

진짜 무고라는 걸 입증한다고 해도 한국에서 무고죄의 처벌은 무척이나 낮은 수준이다.

기껏해야 벌금 조금, 민사소송을 해도 1천만 원 이하의 손해배상 정도.

"하지만 미국 국적이 있다면요?"

당사자 중 한 명이 미국 국민이니 당연히 미국 법원에 무고죄에 대한 손해배상을 청구할 수 있다.

그리고 미국은 징벌적 배상이 아니라고 할지라도 손해배상 금액 자체가 터무니없이 높다.

무고를 한 상대방 입장에서는 좋든 싫든 미국에 직접 가서 재판을 받거나 어마어마한 변호사비를 내야 한다.

그리고 국제조약에 따라 미국 법원의 판결은 한국에서 효력을 가지며, 무고를 한 상대방에 대한 압류가 가능하다.

"어쭙잖게 무고로 엿 먹이려고는 못 하게 되지요. 그것뿐만이 아니라 저작권의 문제도 있습니다."

"저작권요?"

"현 정부는 저작권을 거의 인정하지 않고 있지요."

저작권법이 존재하지만 실질적으로 거의 효과가 없다.

웃기게도 전 세계를 대상으로 한류라는 이름으로 문화적으로 성공하며 성장하고 있지만, 정작 그 문화에 대해 무시하고 없애려고 하는 게 대한민국의 상황이다.

대한민국 정치인들의 생각은 간단하다. '문화=노는 것'이며 '노는 것=공부에 방해되는 나쁜 것'이라는 거다.

그런데 그걸 좋게 생각하는, 아니 좋게 생각하는 척하는 이유는 단 하나, 그게 돈이 되기 때문이다.

"하지만 저작권을 미국에 등록할 수 있다면?"

미국 국적이 있으면 그것도 가능하다.

"물론 나이가 먹으면 둘 중 하나를 포기하거나 각서를 내고 국적을 유지하는 수밖에 없습니다."

기본적으로 대한민국은 다중 국적을 인정하지 않고 있다.

하지만 그게 문제가 되는 건 20세 이후다.

그때가 되면 군대와 사회생활 문제가 생기니, 성인이 된 후에 자신이 가진 국적 중 하나를 선택하게 된다.

"그 말은 20세 이전에 얻을 수 있는 다국적인 혜택을 막을 수 있는 방법은 없다는 거지요."

대한민국 역시 무국적 삭감에 관한 조약의 가입국이니까.

사실 대부분의 선진국으로 분류되는 국가들은 그 조약에 가입되어 있다.

"다른 방법도 있지요."

"다른 방법?"

"국적을 세 개 가지고 있으면 어떨까요?"

"국적을 세 개나요?"

"네. 그러면 혜택이 어마어마할 것 같지 않습니까?"

방법은 간단하다.

선박의 국적을 캐나다 같은 속지주의 국가로 두는 것이다.

"그리고 출산은 다른 속지주의 국가에서 하는 거지요."

쉽게 말해서 캐나다 선박에 탄 산모가 미국 영해에서 출산하면 무국적 삭감에 관한 조약에 따라 아이는 캐나다 국적을 취득함과 동시에 미국 국적을 취득한다.

그런데 부모가 한국인인 경우는?

한국은 속인주의를 선택하고 있다.

한국인 부모 밑에서 태어나면 한국인인 것이다.

"세 개……."

자연스럽게 아이는 세 개의 국적을 가지게 된다.

"아이의 부모가 서로 다른 나라 사람이라면 이론상 최대 네 개의 국적을 가지게 됩니다."

양친이 국제결혼이고 그 두 나라가 다 속인주의 기준을 가지고 있다면 말이다.

"어느 쪽이든, 국적도 이제는 쇼핑이 가능하게 되는 겁니다."

"허."

로버트는 기가 막혔다.

만일 그럴 기회가 온다면?

"저라면 기꺼이 그 기회를 잡으려고 하겠네요."

"당연하지요."

애국심의 문제? 그런 건 의미가 없다.

중요한 건 미래다.

당장 한국에서 전쟁이 터진다고 생각해 보자.

당연히 미국에서는 자국민 대피를 시작할 것이다.

한국에 있으면 군대로 끌려가겠지만, 미국 국적이 있으면 여권을 내밀고 당당하게 미국으로 도망갈 수 있다.

"그리고 돌아와서 자연스럽게 권력을 잡겠지요. 마치 6.25 때처럼요."

"한국은 그때 그랬나요?"

"그랬지요."

전쟁터에서 목숨을 걸고 싸운 병사들은 노예 취급당하며 죽어 갔다. 전쟁에 투입하기 위해 모은 수십만 명에게 줄 식량을 빼돌리는 바람에 굶어 죽은 자들도 많다.

그리고 그런 일을 저지른 놈들은 다른 나라로 도망가서 떵떵거리면서 살았다.

"미국이라면 이해가 안 가는 일이군요."

"미국은 다문화 국가니까요."

그래서 애국 교육을 확실하게 한다.

여러 문화, 여러 인종이 섞여 있는데 가만두면 대혼란이 올 테니, 미 정부에서는 최우선 가치를 애국에 두도록 교육한다.

물론 교육만으로 끝내는 게 아니다.

미국에서 군인의 대우는 아주 좋다.

비행기에 탑승할 때 1순위가 아이들과 임산부이고 2순위가 군인이다.

심지어 미국 최고의 훈장인 메달 오브 아너를 받으면 대통령조차도 먼저 경례하고 비상시 미 공군의 수송기까지 쓸 수 있다.

그에 반해 한국의 최고 훈장인 태극 무공 훈장은?

"국립묘지 안치, 그리고 국가 병원 60% 할인이 끝이지요. 좀 독하게 말하면 한국의 훈장 시스템은 쓰레기입니다."

"그 정도까지야. 그나저나 노 변호사님은 한국에 대한 애국심이 별로 없는 것 같습니다?"

"제가 애국심이 없는 건 제 잘못이 아닙니다. 제 애국심을 갉아먹은 건 제가 아니라 대한민국이니까요. 메달 오브 아너도 마찬가지지만, 태극 무공 훈장 받았을 때 멀쩡할 가능성이 얼마나 되겠습니까?"

많지도 않은 메달 오브 아너의 수여자들 중 대다수는 사망자다. 하지만 극히 일부 살아남은 사람들은 정부에서 그들의 생계를 책임져 준다고 봐도 무방하다.

하지만 한국은 그런 게 없다.

그냥 훈장만 주고 명예로 살라고 강요한다.

그리고 끝이다.

"애국심요? 애국심은 일종의 거래입니다. 나는 나라를 위해 충성을 바치고 나라는 나를 보호한다는 개념이지요. 하지만 한국에, 전 애국심이 없습니다."

자신이 노력을 해도 정부는 절대 보호해 주지 않는다.

"하지만 그 사람에게 다른 방법이 있다면, 즉 정부에 압력을 가할 수 있는 권한이 있다면 그때는 상황이 달라지지요."

미 대사관 호출만 해도 경찰서장 모가지 정도는 쉽게 날려 버릴 수 있다.

"그래서 국적을 쇼핑할 수 있게 한다는 거군요."

"그리고 돈이 될 것 같지 않습니까?"

"확실히…… 돈은 되겠네요."

크루즈라면 충분히 병원 시설을 올릴 수 있다.

관광용 크루즈에는 어지간한 수술을 할 수 있는 공간이 다 있다. 물론 그걸 좀 더 체계화시키는 게 문제이기는 하지만 말이다.

"만일 제가 한 3천만 원쯤 들여서 제 아이에게 미국 국적을 줄 수 있게 된다면 전 기꺼이 거기에 탈 겁니다."

일반인이 미국 국적을 가지지 못하는 이유. 그건 돈 때문이다.

하지만 3천만 원이라면 충분히 시도할 만한 일이다.

"이유도 적당한 게 있지요. 한국에서는 태교를 위해 많이 노력하거든요."

비행기 같은 경우는 산모를 태우지 않는다. 출산을 감당할 장비가 없기 때문이다.

하지만 배는 다르다.

"확실히 돈 냄새가 나네요."

"아주 강한 돈 냄새가 나지요."

노형진은 실실 웃으며 말했다.

국적을 쇼핑한다.

이 황당한 계획을 들은 송정한은 멍한 표정이 되었다.

"그게 가능한가?"

"가능하지요. 현행법상 불가능한 건 아닙니다."

"허허, 이거 참."

송정한은 기가 막혔다.

노형진이 온갖 편법을 다 찾아내는 것은 알고 있었지만, 설마 국적 쇼핑까지 가능하다고 할 줄은 몰랐던 것이다.

"물론 개나 소나 미국 국적을 원하겠지만 그건 무리고요. 다른 나라도 감안해야 할 겁니다."

"미국에서 막을 수도 있지 않겠나?"

노형진은 어깨를 으쓱했다.

"불가능합니다. 미국에서 이걸 막으려면 헌법을 고쳐야 합니다."

"헌법을 고쳐?"

"네. 이와 관련된 규정이 일반법이 아니라 미국의 수정 헌법 14조에 들어가 있거든요."

헌법을 고친다는 것은 절대 쉬운 일이 아니다.

당연히 미국 정부 입장에서도 쉽게 시도할 수가 없다.

"아니면 국제조약에서 탈퇴해야 하는데, 그것도 쉬운 일이 아니고요."

노형진의 말에 송정한은 혀를 끌끌 찼다.

"자네랑 같이하다 보면 정말 별별 일이 다 벌어지는군. 그래, 계획 자체는 알겠네. 그런데 나한테 온 이유가 뭔가?"

물론 돈이 될 만한 일이다.

하지만 이건 그가 운영할 만한 일은 아니다.

기본적으로 국민들에게 대한민국이 아닌 다른 국적을 주는 행위.

국회의원인 그가 그런 짓을 하면 국민들이 안 좋게 볼 수도 있다.

단순히 지지하기만 한다 해도 역시나 모양은 안 좋다.

노형진의 마음을 이해 못 하는 것은 아니지만, 그러한 행동을 한다는 것 자체가 애국심을 부정하는 형태가 되기 때문이다.

"한 명당 3천만 원이야. 절대 싼 가격은 아닐세. 물론 의료 시설이나 기타 병원 시설이야 자네가 확실하게 해 두겠지만, 어찌 되었건 싼 가격은 아니야. 거기에다 우리나라 문화는 외국과 달라. 무슨 소리인지 알지?"

노형진은 송정한의 말에 고개를 끄덕거렸다.

"아마도 보호자 한 명이 같이 타려고 하겠지요."

부모든 남편이든, 하여간 최소한 보호자 한 명쯤은 같이 타려고 할 가능성이 높다.

미국 같은 경우는 면회 시간이 한정되어 있고 간호도 가족이 아니라 간호사가 한다.

하지만 한국은 간호는 가족이 하거나 전문 간호 인력을 붙여야 한다는 개념이 강하다.

더군다나 혈통을 중시하는 한국의 문화에서 아이의 출생은 집안의 경사다.

그런 나라의 사람이, 아무리 아이에게 미국 국적을 주기 위해서라고 해도 임산부를 홀로 보낼 가능성은 없다.

"여건이 되는 사람들은 무조건 그곳에 보내려고 할 걸세."

"압니다. 그리고 그건 저도 감안하고 있는 일이고요."

"그러면 내가 도와줄 일은 없는데?"

송정한은 고개를 갸웃했다.

노형진이 도움을 요청하기는 했지만 자신이 딱히 도와줄

일은 없다.

"외국인학교라도 많이 만들라고 압박이라도 해 볼까?"

"그건 필요 없을 겁니다. 애초에 외국인학교는 정규 과정도 아니지 않습니까?"

"그건 그렇지."

사람들이 잘 모른 것 중 하나가 외국인학교가 정규 과정이 아니라는 것이다.

정확하게 표현하자면 외국인학교는 법률상 기타 학교로 구분된다.

그리고 정식 학교 졸업으로 인정되지 않기 때문에, 그곳을 졸업한 사람들은 학력이 인정되지 않아서 결과적으로 검정고시를 다시 봐서 학력을 인정받아야 한다.

쉽게 말해서 외국인학교는 외국인이나 교포를 위한 대안학교라고 볼 수 있다.

"그런 사람들의 최종 목적은 대학입니다. 물론 외국인학교가 수업의 질이 더 좋은 건 사실입니다만, 새로 만든 외국인학교가 수업의 질이 얼마나 좋을지도 알 수도 없거니와 그건 최소한 6~7년은 더 기다려야 할 문제입니다."

"그건 그렇지."

노형진의 말에 송정한은 고개를 끄덕거렸다.

노형진의 말대로 이제 태어나도 6년은 기다려야 초등학교를 갈 나이가 된다.

외국인학교는 기타 학교로 분류되어 초중고를 묶어서 운영할 수 있다.

그렇다고 해도 벌써부터 외국인학교가 많이 필요한 것은 아니다.

당분간은 지금 있는 외국인학교만으로도 그동안의 숫자는 충분히 커버할 수 있다.

설사 그때가 된다고 해도, 대한민국 대학의 진학을 포기하고 외국인학교로 입학할 사람은 많지 않을 테고 말이다.

"하지만 우리 정치권에서 할 수 있는 게 없는데."

"없긴요. 제가 왜 이런 시스템을 만드는데요."

"응? 그게 무슨 소리인가?"

"국가란 조직은 기본적으로 독점입니다. 그 땅에서 선택할 수가 있는 경우가 거의 없지요."

"그렇지."

"하지만 그걸 선택할 수 있는 사업이 생겼습니다. 그 원인이 어디에 있다고 생각할까요?"

"그건……."

송정한은 노형진이 노리는 게 뭔지 알아차렸다.

"대신 욕먹을 놈을 만들어 달라 이거군."

"그렇게까지 표현하면 여러모로 억울하지요."

노형진은 실실 웃으며 말했다.

"나라에서 잘했다면 국민들이 외국 국적을 따려고 이렇게

까지 하겠습니까?"

"그건 그러네만……."

노형진은 이번 사태를 이용해서 기존 정치인들에게 충격을 줄 생각이었다.

"안 봐도 뻔합니다. 이 사업이 시작되는 순간 정부에서는 애국이니 어쩌니 하면서 압력을 행사하고, 거기에 탑승하는 사람들을 무슨 매국노처럼 표현할 겁니다."

"그건 당연한 일이지."

"하지만 현실적으로 매국 행위는 그들이 하고 있지요."

수조 원의 비리를 저지르고도 그들은 생계형 비리를 주장한다.

그들 스스로는 외국에 가서, 정확하게는 미국에 가서 아이들에게 복수국적을 주면서.

"그들의 애국 타령은 이런 거지요. 좋은 건 나만 누릴 수 있고 다른 사람들이 그걸 누리는 것은 용납 못 한다."

"뭐, 한두 해 문제도 아니고."

송정한은 대충 상황이 이해가 갔다.

이 사업이 시작되는 순간 분명 그런 이야기가 나온다. 그럴 수밖에 없다.

"일부는 국적을 가지고 군대 이야기도 할 테고."

하지만 현실적으로 미국 국적을 복수국적으로 가지고 있다고 해도 그들이 미국 국적을 선택할 가능성은 많지 않다.

일단 그들이 미국 국적을 가지고 있다고 해서 그들이 미국에서 사는 건 아니다.

당연하게도 그들이 영어를 잘하는 것도 아니고 지인이 있는 것도 아니다.

"국적은 가지고 있으나 군대를 안 갈 방법은 없지요."

군대에 가기 싫다면 모든 걸 다 버리고 스무 살 이전에 한국 국적을 포기해야 한다.

하지만 그런 사람들이 많을까?

"결국 그 애국심 타령에 분위기는 쏠릴 겁니다."

"그럴 테지."

자신은 자식에게 해 줄 수 있는 게 없다는 비참함.

그 비참함을 부모들이 전혀 모를까?

원정 출산에 드는 비용은 3억이라고 한다.

하지만 대부분의 국민들은 그 돈이 없기 때문에 그냥 한국에서 낳아서 키워야 한다.

물론 그게 나쁜 건 아니다.

애초에 그게 정상이기도 하고

문제는 그 정상인 행동을 했을 때 불이익을 당하는 대한민국의 구조가 비정상이라는 것이다.

"그 선박의 탑승권은 그나마 3천만 원이라고 해도, 사실 대부분의 국민들은 결국 혜택을 보지 못할 겁니다."

"그건 나도 알고 있네. 그런데 그걸 어떻게 방어해 달라는 건가?"

"애국심 이야기가 나오기 전에 먼저 선빵을 쳐 주셨으면 합니다."

"선빵?"

"제가 전에 한번 조언해 드린 적이 있지요, 상대방 입에서 빨갱이 타령이 나오기 전에 먼저 빨갱이 타령을 시작하시라고."

"아, 그랬지."

선거할 때였다.

지금도 그렇지만 그때도 자유신민당은 민주수호당 출신이라고 하면 무조건 일단 빨갱이 프레임부터 씌워 놓고 시작했다.

그게 민주수호당의 가장 큰 골치 아픈 문제였다.

"하지만 빨갱이라는 건 결국 개별적 판단이지요."

국회의원이라는 존재는 마냥 깨끗할 수가 없다. 가끔은 국익에 반하는 일이라도 할 수밖에 없다.

자기 이익이 달려 있으니까.

"그래, 그래서 자네가 그걸 먼저 써먹으라고 했지."

그래서 민주수호당은 저쪽이 빨갱이 프레임을 뒤집어씌우기 전에 저쪽에게 먼저 빨갱이 프레임을 뒤집어씌웠다.

국가에서 하는 일에 대해 부정적으로 반응하고 뇌물을 받아먹고 정권을 부정한다면서 말이다.

"그때는 아주 개판이었지."

빨갱이 타령으로 짭짤하게 이득을 보던 자유신민당은 자

신들이 그 말을 하기 전에 먼저 자신들에게 빨갱이 프레임이 뒤집어씌워지자 당황했고, 그들의 골수 지지자들 중 일부가 그 때문에 그들에게서 벗어났다.

그래서 지금은 선거가 있거나 하면 일단 상대방에게 먼저 빨갱이 타령을 시작하는 게 보통이었고, 그 때문에 도리어 국민들에게 빨갱이 타령이 거의 안 먹히게 되었다.

"그건 피로감 때문입니다."

입만 열면 나오는 빨갱이라는 프레임.

아침부터 밤까지 오로지 그 이야기만 나오니 피로감이 쌓이지 않을 수가 없는 것이다.

그렇다 보니 가장 강력한 무기로 빨갱이 타령을 쓰던 자유신민당 입장에서는 그 프레임이 약해지고 힘이 빠지는 것을 손 놓고 볼 수밖에 없었다.

"그거랑 이번 사건이 무슨 관계가 있다는 건가?"

"저쪽은 100% 애국을 들고나옵니다. 하지만 이쪽에서 먼저 국가에서 보호해 주지 못했다는 프레임으로 몰고 가면 어떻게 될까요?"

"응? 국가에서 보호해 주지 못했다는 프레임?"

"그렇습니다."

국가에서 제대로 지켜 주지 못해서, 젊은 세대가 먼저 어쩔 수 없이 한국 국적이 아니라 미국 국적을 따서 스스로를 지키려고 한다, 그렇게 몰아가는 것이 노형진의 계획이었다.

"애국요? 물론 과거 세대에게는 먹힐지도 모릅니다. 6.25를 거치고 민주화 운동을 거친 세대는 먹힐 겁니다. 하지만 지금 젊은 세대는 현재 정권에 불만이 많습니다."

그럴 수밖에 없다.

어떤 책에서 나왔듯이 젊음은 돈으로 살 수 없지만 젊은이는 돈으로 살 수 있다는 말이 현재 대한민국의 현실을 알려주고 있으니까.

"아니, 애초에 현실적으로 젊은이가 그 시대의 꼰대들에게 100% 수긍하면 그 사람이 이상한 거지요."

오죽하면 기원전 벽화에 요즘 애들은 싸가지가 없다는 상형문자가 적혀 있겠는가?

"그러니까 우리가 먼저 이 문제를 가지고 선빵을 치고 애국이라는 말이 나오지 못하게 하라 이거군."

"확실하게 못을 박는 겁니다. 애국은 기브 앤드 테이크라는 걸요."

한국 정부는 지금까지 국민들을 조건 없이 애국을 뽑아낼 수 있는 ATM쯤으로 여겼다.

대기업이 말할 때 애국을 주장하면서 국민연금으로 틀어막아서 고갈시키고, 문제가 생기면 국가에서 해결하는 게 아니라 애국을 외치면서 국민들에게 떠넘기고, 돈이 부족하면 애국을 외치면서 기부를 하라고 한다.

대표적인 예가 IMF다.

그 당시 애국을 외치면서 금을 기부하라고 그 난리를 피웠지만, 정작 정부의 고관대작들과 대기업들은 그 금을 가지고 뒤에서 장난쳐서 막대한 시세 차익을 노렸다.

"제 돌 반지도 그때 빼앗겼지요."

"하긴, 그거야 유명한 사건이지."

"제 계획은 그 잘못된 개념을 깨는 겁니다. 사실 국적 쇼핑이라고 해 봐야 대한민국 출생자의 0.0001%도 감당 못해요."

결국 대부분은 한국에서 살아가야 한다.

"하지만 핑계가 생겼으니 이쪽에서 먼저 선빵을 칠 수 있지요."

"하지만 기자들이 도와줄까?"

송정한은 걱정스럽게 말했다.

그럴 수밖에 없는 게, 현재 기자들은 철저하게 현 정권을 밀어주고 있기 때문이다.

"다른 거라면 그럴 리 없겠지요. 하지만 이건 가능할 겁니다."

"어째서?"

"이런 기회를 잡을 수 있는 건 대한민국에서 어느 정도 수준이 되는 사람들뿐입니다."

노형진은 빙긋 웃었다.

"그리고 기자들은 보통 그 정도 수준이 되는 사람들이고요."

"아하!"

기자들이 현 정권을 밀어주는 이유는 자신의 이득과 그들의 이득이 일치하기 때문이다.

"하지만 기자들에게도 자식이 있고 손자가 있기 마련이지요."

향후 태어날 아이들에게 미국 국적을 줄 수 있다면, 현 정부의 실책을 까는 거? 그다지 어려운 일도 아니다.

더군다나 조금만 있으면 레임덕이 닥쳐올 테니까.

아니, 이미 곳곳에서 레임덕이 시작되고 있다.

"기자들이 한국에서 왜 3대 적폐인지 아시지 않습니까?"

"자기들에게 이득이 된다면 충분히 그럴 수도 있겠군."

송정한은 고개를 끄덕거렸다.

이쪽에서 먼저 포섭하고 적당하게 혜택을 주면, 그러니까 승선 우선권 등을 약속한다면 그들은 송정한을 도와줄 것이다.

"한시적으로만 운영될 가능성이 높다고 하세요. 그러면 먼저 타려고 뭐든 다 할 겁니다."

"아이들의 미국 국적을 얻기 위해서 말이지?"

"네."

단순히 미국 국적이 중요한 게 아니다.

그걸 가짐으로써 얻을 수 있는 수많은 혜택들은 절대 무시할 수 있는 수준이 아니다.

"미국 좋아하는 기자들에게는 어떻게 보면 일생일대의 기회인 셈이지요."

노형진은 피식 웃으며 말했다.

"과연 자기들의 이득과 정부의 이득 중 어떤 걸 고를지 두고 보자고요, 후후후."

그날 이후 마이스터는 초대형 크루즈선을 구입하여 개조
했다.

이름도 새로 지었다. 바다의 탄생이라는 이름으로 말이다.

그리고 인터넷에 홍보했다.

'산모를 위한 태교 여행'이라고 말이다.

그리고 홍보를 시작한 지 사흘, 노형진의 아이디어는 정확
하게 맞아떨어졌다.

"죄송한데 승선 인원이 다 찼습니다."

"아니요. 취소 인원도 없어요."

"대기자가 삼백 명이 넘어서요."

단 사흘. 해당 선박의 표가 다 팔리는 데 걸린 시간이 단
사흘이었다.

손님의 숫자는 무려 5천 명.

초대형 선박인 만큼 가격도 어마어마했다. 그런데 단 사흘
만에 다 팔린 것이다.

"장난 아니네요."

로버트는 질려 버렸다는 듯 말했다.

노형진이 잘될 거라고 이야기는 했지만 설마 사흘 만에 표

가 다 팔릴 거라고는 생각도 못 했기 때문이다.

"말했지요, 한국인들은 의외로 애국심이 강하지 않다고."

물론 누군가 대한민국을 공격하거나 침략해 온다면 국민들은 목숨을 걸고 싸울 것이다.

"하지만 그건 애국심이 아니지요, 가족애지."

외적과 싸우는 가장 큰 이유. 그건 자신의 가족을 지키기 위해서다.

그걸 애국심으로 포장하고 국가를 위해 희생하라고 한 건 정치인들이다.

"하지만 애초에 애국심이라는 개념 자체가 그다지 강하지 않아요. 중세에 애국의 대상은 누구였습니까?"

"그건 그러네요."

애국심, 풀어 설명하면 국가에 대한 애정이다.

하지만 현실적으로 보면 국가 단위로 애국심을 조장하고 싸우기 시작한 것은 얼마 안 된다.

기껏해야 1차대전 때쯤 정도.

"그 전에는 국가에 대한 개념도 희박했던 게 사실이지요."

물론 자신이 속한 나라가 어디라는 개념은 있었다.

하지만 그 나라에 목숨을 바쳐서 충성을 다한다는 개념은 그다지 강하지 않았다.

"하긴 어떤 학자가 그러기는 했지요. 애초에 유럽도 중세에는 국가 단위가 아니었으니까."

물론 국가에 속해 있기는 하지만 성주라 불리는 각 지역의 수장들이 그 지역을 지배했고, 국민들에게 요구되는 것은 국가에 대한 충성심이 아니라 그 성주에 대한 충성심이었다.

애초에 애국심이라는 게 원래 존재했고 그걸 바탕으로 운영되었다면, 인류의 전쟁 역사 대부분을 차지하는 반란이나 내전은 벌어질 수가 없다.

"그래서 선진국일수록 애국심에 호소합니다. 그게 국가 운영의 기본이니까요."

하지만 대한민국은 그걸 뽑아만 먹고 배상은 하지 않으니 문제인 것이다.

"상품성은 인정되었으니 다른 선박들을 알아봐야겠군요."

매년 태어나는 아이들의 숫자는 어마어마하다.

물론 3천만 원이 절대 싼 가격은 아니다. 하지만 그 정도 투자해서 복수국적을 얻을 수 있다면 투자할 사람은 많았다.

"그나저나 경고가 홍보 효과를 낼 줄은 몰랐는데요?"

노형진은 피식 웃었다.

"사람 말은 아 다르고 어 다른 거니까요."

맨 처음에 홍보 전문가들은 노형진에게 태교 여행을 메인으로 내세우자고 했다.

물론 그게 틀린 말은 아니다.

하지만 노형진이 보기에는 태교 여행으로 그 손님들이 올 수는 없었다.

그래서 그 대신에 내세운 것이 바로 미국 국적 취득이었다.

물론 그걸 홍보할 수는 없다.

"그건 명백하게 복수국적을 위한 원정 출산이 목적으로 보이니까요."

그래서 노형진은 홍보 대신에 '경고'를 하기로 했다.

경고 : 해당 선박 탑승 중 출산하는 경우 아이의 국적이 미국 등 기타 타국으로 바뀔 수가 있으니 주의하여 주시기 바랍니다.

말이 경고지 사람들은 그게 무슨 의미인지 알고 바로 지원한 것이다.

더군다나 기자들에게 먼저 선탑승권을 주자 기자들은 어떻게 해서든 자기 와이프나 가족을 태우기 위해 거품을 물고 홍보 아닌 홍보를 해 줬다.

"이대로 슬슬 운영하면 제법 돈이 되겠어요."

한 명당 3천만 원씩, 탑승객이 무려 오천 명.

금액으로는 무려 1,500억이다.

고작 한 번의 운행이 말이다.

"뭐, 그렇게 계속되면 좋겠지만요."

노형진은 어깨를 으쓱했다.

"한국 정부에서 가만히 두고 보겠습니까?"

"그게 문제이기는 합니다만."

애국 논란이 조금 터져 나오기는 했지만, 이내 현 정부의 실책을 까면서 등장한 '헬조선 탈출'이라는 단어에 밀려 버렸다.

당장 인터넷에서 대부분의 반응은 애국이고 나발이고, 나 같아도 거기서 애 낳겠다는 말이 대부분이었으니까.

"하지만 그들이 뭘 하든 결국 부처님 손바닥 안입니다."

노형진은 자신 있게 말했다.

"국민을 노예로 보는 그 버릇, 이참에 아주 제대로 뿌리 뽑아야겠습니다. 후후후."

노형진은 그럴 자신이 있었다.

다음 권으로 이어집니다

버림받은 천재의 환생

애아빵 퓨전 판타지 장편소설

일신상의 이유로 잠시 휴재합니다

크래커 퓨전 판타지 장편소설

비정규직 매니저

자카예프 현대 판타지 장편소설

노가다 게임 지존

스노우베어 게임 판타지 장편소설

**누군가에겐 지옥 같은 난이도
나에겐 인생 역전의 기회!**

게임 작업장에서 대게잠이까지
빚 때문에 노예 같은 삶을 살던 민혁
트럭에 치여 죽은 줄만 알았는데
눈을 떠 보니 20년 전……?

이번에는 다른 삶을 살겠다!
그토록 바라던 억만장자 드림 라이프를 위해
돈 되는, 통칭 갓 겜 '루나틱'에 뛰어드는데……

"아니, 이게 어렵다고?"

한 달 내내 망치만 두드려도 질리지 않는 노가다 적성!
다년간 몸에 밴 작업장 경험!
거기다 게임의 20년 치 패치 정보까지!

**회귀에, 정보에, 끝없는 노력까지?
이 게임, 노가다로 끝을 보겠다!**